译文名著精选

YIWEN CLASSICS

快乐王子

〔英〕王尔德 著 巴金 译

Oscar Wilde

The Happy Prince and Other Stories

上海译文出版社

图书在版编目(CIP)数据

快乐王子 / (英) 王尔德 (Wilde , O.) 著:巴金译.
—上海: 上海译文出版社, 2014.3(2020.8 重印)
(译文名著精选)
书名原文: The Happy Prince and Other Stories
ISBN 978-7-5327-6278-1

Ⅰ. 快… Ⅱ.①王… ②巴… Ⅲ.①童话—作品集
—英国—近代 Ⅳ.①I561.88

中国版本图书馆 CIP 数据核字(2013)第 162091号

Oscar Wilde
THE HAPPY PRINCE AND OTHER STORIES

快乐王子
〔英〕王尔德 著 巴金 译

上海译文出版社有限公司出版、发行
网址: www.yiwen.com.cn
200001 上海市福建中路193 号
上海信老印刷厂印刷

开本 890×1240 1/32 印张 4.75 插页 2 字数 86,000
2014 年 3 月第 1 版 2020 年 8 月第 10 次印刷
印数: 43,001-46,000 册

ISBN 978-7-5327-6278-1/I·3744
定价: 16.00 元

译本序

一

王尔德于一八五四年生于爱尔兰的首府都柏林。王尔德这名字挺中国化的，其实他有一个连西方人都少有的大长名字：奥斯卡·芬格尔·奥弗拉赫蒂·威利斯·王尔德!

王尔德的父亲名叫威廉·王尔德，是一位十分著名的外科医生；他母亲是作家，又是有名的文学女主持人，经常主持伦敦诗歌戏剧沙龙，曾使用“斯珀兰扎”的笔名发表过许多文学作品。王尔德早年在都柏林三一学院研习古典名著，而后到牛津马格达兰学院就读，因成绩优秀显露头角，成为有名的学生，并因他的诗《拉凡纳》获得纽迪盖特奖。在牛津求学期间，他穿着花里胡哨，极力张扬唯美主义，即“为艺术而艺术”，而成为公众瞩目的人物，但不少守旧人士对他的做派和主张怀有成见。敏感的王尔德针对此世俗之见曾戏言说：“我王尔德要么臭名昭著，要么名扬天下。”

王尔德天分极高，谈吐机智幽默，话锋不逊，写作标新立异，很快走运伦敦及英国文坛，成为文学名流。一八八一年，他出版他的第一部集子《诗集》，广受欢迎，并由此导致他首次赴美巡回讲学一年。初登美洲大陆，带着英国人的傲慢和他特有的表现方式，他在纽约海关登记处留下了那句极具个性的名言：“我需要申报的只有我的天才”（I have nothing to declare but my genius.）。一八八四年他和康斯坦丝·洛伊德喜结良缘。婚后生有二子。正是由于对儿子的爱，王尔德曾致力于儿童文学创作，其中主要是童话故事。

进入十九世纪九十年代，王尔德迎来了他的创作高峰。先是他的唯一一部长篇小说《道连·格雷的画像》于一八九一年发表，接着他走红伦敦舞台：《温德米尔夫人的扇子》（1892）、《一个无关紧要的女人》（1893）、《理想丈夫》（1895）、《认真的重要》（1895），以及他的最后一部用法语写的象征主义悲剧《莎乐美》（1895）。《认真的重要》被认为是其戏剧创作上的代表作。

至此，王尔德一直是生活的宠儿，一路顺风，几乎每涉及一个文学领域、每创作一部作品，都会取得极大成功，赢得一片喝彩，真可谓“名扬天下”了。

如同在不同文学体裁的作品里所反映的，王尔德赞美友谊，珍视友谊，与他喜爱和敬重的人建立友谊。在他的种种友谊中，有一例称得上是“友谊中的友谊”，那便是他和他的亲密朋友艾尔弗雷德·道格拉斯勋爵的友谊。应该指出的是，他们的这种友谊包含着王尔德对男性美的一种追求。他们两个都算得上年轻貌美，彼此吸引，双双出入伦敦上流社会以及剧院、饭店、餐馆和咖啡厅这些公共场合，构成了伦敦社会的一道风景。然而，这道风景在伦敦上流社会并不受欢迎，认为它伤风败俗之举的大有人在，其中道格拉斯的父亲昆斯伯里侯爵就是深恶痛绝者之一。这位侯爵的深恶痛绝本源自他和儿子的矛盾，当然也包括反对儿子和王尔德的交往。这导致了一场官司，而且，在法庭取证时小道格拉斯倒向亲情一边，王尔德终因同性恋之罪被判刑两年。这场官司致使他家破财散，两年的监狱苦役和精神折磨摧毁了他的身体，此时的王尔德从天堂掉入地狱，又可谓“臭名昭著”了。

出狱后，在朋友们的慷慨赞助下，他移居法国，用“塞巴斯蒂安·梅尔莫斯”这一名字继续写作，其中最著名的是他的长诗《雷丁监狱之歌》。他在牢中以忏悔之心、友爱之情写给艾尔弗雷德·道格拉斯的信，后结集出版，名为《从深处》（1905）。此阶段的作品，是王尔德最具现实主义的创作，但王尔德“为艺术而艺术”的主张不仅未改，反而具有了新的内容。

二

王尔德的第一部童话集名《快乐王子童话集》，内收有“快乐王子”、“夜莺与蔷薇”、“自私的巨人”、“忠实的朋友”和“了不起的火箭”，于一八八八年出版。第二部童话集名为《石榴之家》，是题送他妻子的。石榴在中国有“多子”象征之意义，不知王尔德将这部童话取名《石榴之家》并呈献给妻子，是否有这层意思。不过王尔德对石榴树及石榴果情有独钟，在不同作品中多次以美的形象提及。这个集子里包括“少年国王”、“西班牙公主的生日”、“打鱼人和他的灵魂”以及“星孩”，出版于一八九一年。

就王尔德的童话总体创作来看，他仍遵循了一般童话中应有的惩恶扬善、锄强扶弱、劫富济贫以及褒美贬丑等主题，无论是悲剧类的还是喜剧类的，都会有一个充满希望的结尾。这点在他的第一部童话集《快乐王子童话集》的所有五个故事中都很明显。需要特别多说几句的是“快乐王子”和“夜莺与蔷薇”两篇。毫无疑问，“快乐王子”是王尔德童话中流传最广、最受孩子们喜爱的童话。王子活着时生活在“无愁宫”里，无忧无虑，衣来伸手饭来张口，因而认为世界上所有的人都像他一样过着幸福的生活。然而，他死后他的塑像被安放在一根高高耸立于城市上空的立柱上，他才俯瞰到了人间的种种苦难与不幸，因而伤心难过，决心尽可能帮助那些最不幸的人。一只快乐的小燕子帮了他的忙。小燕子无私地一次次舍弃到南国避寒的机会，把王子的宝石、眼珠和身上的一片片金叶子，送到了那些最需要帮助的不幸的人手中，结果冻死在快乐王子的脚下，快乐王子因此痛碎了一颗铅制的心！一则童话到此已十分完整，但王尔德没有忘掉他对美的探讨：一尊没有眼珠、没有金叶裹身的塑像和一只死鸟，还美吗？世俗之人认为不美，但上帝认为仍然很美，于是“铅心”和“死鸟”都进了天堂。最后王尔德还留给大小读者一个历来不受重视的问题：快乐王子“幸福”吗？他曾经幸福过；自从了解到民间疾苦后他不幸福了；为不幸的人们解除痛苦后，他终于又幸福了。这样，作者把什么是幸福这一命题很富于哲理地予以阐述，并把这一命题与他的唯美主义以及“心之美”联系起来，一起进行探讨。这又是王尔德童话高明与不朽的一面。

“夜莺与蔷薇”以爱情为主旋律：一只夜莺为成全一对青年男女的爱情，不惜用它心里流淌的血，通过刺入它心脏一根尖利的蔷薇刺儿，给蔷薇树提供血汁，让它开出一朵鲜艳无比的红蔷薇。这是“心之美”的形象化体现。但那年轻女子看不上这朵无比珍贵的蔷薇花，看重的是名望地位和物质享受；一只鸟儿的“心之美”和人类的“利欲熏心”，形成了强烈的对照。王尔德在这里探讨的是他的唯美主义的内容之一，表达方式近乎残酷(一根利刺直插一颗完美的心)，象征一种不折不扣的美，这显然是一般童话所没有的。

仅此亦不难看出，王尔德在他的童话世界里，除了表现一般童话里的主题，总还会以他的唯美主义观点，探讨“幸福”、“心之美”等重大命题。这种探讨在《石榴之家》这个集子中深入开展，并从童话写作形式和内容表达两方面都取得突破，取得实绩。

仅就形式而言，“西班牙公主的生日”是最值得注意的：西班牙小公主美丽至极，在她隆重的生日庆典上，她享受到了许多美的东西，其中包括一个小矮人献舞。小矮人长得畸形丑陋，但他自己并不知道。最后他在一面大镜子里看见了自己，自惭形秽，心碎而死。故事里美丑分明，但丑也可以给人带来欢乐，而美如果以别人的痛苦为乐，美也显得丑陋。从写法到表现内容，这则童话都更像一个现代派短篇小说；其中有象征，有寓意，有哲理，读来令人对作者的丰富想象和天才的创造力感到由衷的佩服和惊叹！

“打鱼人和他的灵魂”是王尔德童话中最长的，这恐怕是王尔德试图通过童话形式探讨灵、肉、心三者之间关系的结果。灵与肉的问题，是几乎所有文学大家都试图说清的命题。一般论点或说绝大多数论点都认为，肉即肉体，是物欲之物，世俗之物；灵即灵魂，不得不时时刻刻陪着它，管它吃管它喝，管着它别让物欲引诱太深，掉进罪恶的深渊。但王尔德在这个童话里持有正好相反的观点：肉物只享受自然之物，比如爱情，而灵魂却在支配肉体去寻欢作乐，作恶犯罪。心在肉与灵之间扮演着爱的角色，象征着爱。灵魂脱离肉体时是从心那里走了，但回来时却因为打鱼人对美人鱼的“爱”太伟大，再也回不到心里去了！多么奇特的想象和探讨！正是通过这篇童话，王尔德初步阐明了他的一个关于美的著名论点：艺术优于生活，即他的唯美主义。艺术没有什么实用的价值，但人类应该为艺术而艺术地生活，不应该为生活而生活。这正是王尔德童话世界里的主要特色，魅力所在，永恒所在！

三

王尔德除了利用童话阐述他的唯美主义，更多也是成功地在创造美。他的童话讲究结构，语言诗化；童话世界里的人物、鸟兽、草木、宫殿以至一物一事，他都尽力从美的角度去挖掘，尤其从内在美的角度。“自私的巨人”因最后变得无私而进入天堂：“那天下午小孩们跑进园子来的时候，他们看见巨人躺在一棵树下，他已经死了，满身盖着白花。”多美的结局呀！“忠实的朋友”中的小汉斯至死都不肯承认他的朋友那个磨坊主的自私、卑鄙和贪婪，但他留给世界的是温暖的忠诚，虽死犹生，营造了一种悲剧美。“了不起的火箭”一生以非凡自居，却始终没有表现出他的非凡之处。但是他坚定地相信“像我这样的天才总有一天会给人赏识的”（Genius like mine is sure to be appreciated someday），后来被拆得七零八落，扔在篝火里引爆了火药，他仍兴奋地嚷叫说：“我早知道我会大出风头的。”这种不折不扣的虚荣也不失为一种病态美吧。“少年国王”表现的是一种屡经磨难后的成熟美，内在美。“星孩”所表达的内容与“少年国王”有相同之处，但在表现方法上迥然不同，显示出王尔德驾驭童话的高超手法。

王尔德对大千世界里美的东西，好似具有第六感官，只要稍有机会，他就会如数家珍般地写进故事里，尤其对植物的钟爱：石竹、玫瑰、罗勒、紫罗兰、桂竹香、鸢尾花、麝香石竹、美国石竹、深斑玫瑰、草地虎耳草、美洲耧斗菜、黄花九轮草以及布谷鸟剪秋罗，等等。他这种时候全然忘了他给孩子们和读者带来了许多冷僻的生字，犯了童话创作的大忌。在他眼里，每一种美的东西就是一首诗，一幅画，完全可以囫囵吞枣全盘接受，等闲下来再慢慢消化，细细品尝它们的美汁美味。

很可惜，王尔德出狱后身心交瘁，一直没有能彻底康复，出狱后三年多便在巴黎客死他乡，只在人间活了四十六年。他留给世界文坛不足两百万字，他的童话创作充其量只占他全部创作量的二十分之一。然而，我们仅从这些作品中便不难看出他给读者带来多少美的享受。二〇〇〇年是王尔德去世一百周年，英伦三岛曾经掀起“王尔德热”，仅一本《王尔德妙语集》便行销一百多万册！进入二十一世纪，王尔德依然是英美文坛研究的热点。我们有理由相信，他的童话将会一如既往地给中国大小读者带来福音。

苏福忠

目 录

快乐王子

石榴之家

快乐王子

献　给

卡罗斯·布莱克

快乐王子

快乐王子的像在一根高圆柱上面，高高地耸立在城市的上空。他满身贴着薄薄的纯金叶子，一对蓝宝石做成他的眼睛，一只大的红宝石嵌在他的剑柄上，灿烂地发着红光。

他的确得到一般人的称赞。一个市参议员为了表示自己有艺术的欣赏力，说过："他像风信标[①]那样漂亮，"不过他又害怕别人会把他看作一个不务实际的人(其实他并不是不务实际的)，便加上一句："只是他不及风信标那样有用。"

"为什么你不能像快乐王子那样呢？"一位聪明的母亲对她那个哭着要月亮的孩子说，"快乐王子连做梦也没想到会哭着要东西。"

"我真高兴世界上究竟还有一个人是很快乐的，"一个失意的人望着这座非常出色的像喃喃地说。

"他很像一个天使，"孤儿院的孩子们说，他们正从大教堂出来，披着光亮夺目的猩红色斗篷，束着洁白的遮胸。

"你们怎么知道？"数学先生说，"你们从没有见过一位天使。"

"啊！可是我们在梦里见过的，"孩子们答道。数学先生皱起眉头，板着面孔，因为他不赞成小孩子做梦。

某一个夜晚一只小燕子飞过城市的上空。他的朋友们六个星期以前就到埃及去了，但是他还留在后面，因为他恋着那根最美丽的芦苇。他还是在早春遇见她的，那时他正沿着河顺流飞去，追一只黄色飞蛾，她的细腰很引起他的注意，他便站住同她谈起话来。

"我可以爱你吗？"燕子说，他素来就有马上谈到本题的脾气。芦苇对他深深地弯一下腰，他便在她的身边不停地飞来飞去，用他的翅子点水，做出许多银色的涟漪，这便是他求爱的表示，他就这样地过了一整个夏天。

“这样的恋爱太可笑了，”别的燕子呢喃地说，“她没有钱，而且亲戚太多，”的确河边长满了芦苇，到处都是。后来秋天来了，他们都飞走了。

他们走了以后，他觉得寂寞，讨厌起他的爱人来了。他说：“她不讲话，我又害怕她是一个荡妇，因为她老是跟风调情。”这倒是真的，风一吹，芦苇就行着最动人的屈膝礼。他又说：“我相信她是惯于家居的，可是我喜欢旅行，那么我的妻子也应该喜欢旅行才成。”

“你愿意跟我走吗？”他最后忍不住了问她道，然而芦苇摇摇头，她非常依恋家。

“原来你从前是跟我寻开心的，”他叫道。“我现在到金字塔那边去了。再会吧！”他飞走了。

他飞了一个整天，晚上他到了这个城市。“我在什么地方过夜呢？”他说，“我希望城里已经给我预备了住处。”

随后他看见了立在高圆柱上面的那座像。他说：“我就在这儿过夜吧，这倒是一个空气新鲜的好地点。”他便飞下来，恰好停在快乐王子的两只脚中间。

“我找到一个金的睡房了，”他向四周看了一下，轻轻地对自己说，他打算睡觉了，但是他刚刚把头放到他的翅子下面去的时候，忽然大大的一滴水落到他的身上来。“多么奇怪的事！”他叫起来，“天上没有一片云，星星非常明亮，可是下起雨来了。北欧的天气真可怕。芦苇素来喜欢雨，不过那只是她的自私。”

---

①或译定风针。

接着又落下了一滴。

“要是一座像不能够遮雨，那么它又有什么用处？”他说，“我应该找一个好的烟囱去，”他决定飞开了。

但是他还没有张开翅膀，第三滴水又落了下来，他仰起头去看，他看见——啊！他看见了什么呢？

快乐王子的眼里装满了泪水，泪珠沿着他的黄金的脸颊流下来。他的脸在月光里显得这么美，叫小燕子的心里也充满了怜悯。

“你是谁？”他问道。

“我是快乐王子。”

“那么你为什么哭呢？”燕子又问，“你看，你把我一身都打湿了。”

“从前我活着，有一颗人心的时候，”王子慢慢地答道，“我并不知道眼泪是什么东西，因为我那个时候住在无愁宫里，悲哀是不能够进去的。白天有人陪我在花园里玩，晚上我又在大厅里领头跳舞。花园的四周围着一道高墙，我就从没有想到去问人墙外是什么样的景象，我眼前的一切都是非常美的。我的臣子都称我做快乐王子，不错，如果欢娱可以算作快乐，我就的确是快乐的了。我这样地活着，我也这样地死去。我死了，他们就把我放在这儿，而且立得这么高，让我看得见我这个城市的一切丑恶和穷苦，我的心虽然是铅做的，我也忍不住哭了。”

“怎么，他并不是纯金的？”燕子轻轻地对自己说，他非常讲究礼貌，不肯高声谈论别人的私事。

“远远的，”王子用一种低微的、音乐似的声音说下去。“远远的，在一条小街上有一所穷人住的房子。一扇窗开着，我看见窗内有一个妇人坐在桌子旁边。她的脸很瘦，又带病容。她的一双手粗糙、发红，指头上满是针眼，因为她是一个裁缝。她正在一件缎子衣服上绣花，绣的是西番莲，预备给皇后的最可爱的宫女在下一次宫中舞会里穿的。在这屋子的角落里，她的小孩躺在床上生病。他发热，嚷着要橙子吃。他母亲没有别的东西给他，只有河水，所以他在哭。燕子，燕子，小燕子，你肯把我剑柄上的红宝石取下来给她送去吗？我的脚钉牢在这个像座上，我动不了。”

“朋友们在埃及等我，”燕子说。“他们正在尼罗河上飞来飞去，同大朵的莲花谈话。他们不久就要到伟大的国王的坟墓里去睡眠了。那个国王自己也就睡在那里他的彩色的棺材里。他的身子是用黄布紧紧裹着的，而且还用了香料来保存它。一串浅绿色翡翠做成的链子系在他的颈项上，他的一只手就像是干枯的落叶。”

“燕子，燕子，小燕子，”王子要求说，“你难道不肯陪我过一夜，做一回我的信差么？那个孩子渴得太厉害了，他母亲太苦恼了。”

“我并不喜欢小孩，”燕子回答道，“我还记得上一个夏天，我停在河上的时候，有两个粗野的小孩，就是磨坊主人的儿子，他们常常丢石头打我。不消说他们是打不中的；我们燕子飞得极快，不会给他们打中，而且我还是出身于一个以敏捷出名的家庭，更不用害怕。不过这究竟是一种不客气的表示。”

然而快乐王子的面容显得那样地忧愁，叫小燕子的心也软下来了。他便说：“这儿冷得很，不过我愿意陪你过一夜，我高兴做你的信差。”

“小燕子，谢谢你，”王子说。

燕子便从王子的剑柄上啄下了那块大红宝石，衔着它飞起来，飞过栉比的屋顶，向远处飞去了。

他飞过大教堂的塔顶，看见那里的大理石的天使雕像。他飞过王宫，听见了跳舞的声音。一个美貌的少女同她的情人正走到露台上来。

“你看，星星多么好，爱的魔力多么大！”他对她说。“我希望我的衣服早点送来，赶得上大跳舞会，”她接口道，“我叫人在上面绣了西番莲花；可是那些女裁缝太懒了。”

他飞过河面，看见挂在船桅上的无数的灯笼，他又飞过犹太村，看见一些年老的犹太人在那里做生意讲价钱，把钱放在铜天平上面称着。最后他到了那所穷人的屋子，朝里面看去，小孩正发着热在床上翻来覆去，母亲已经睡熟，因为她太疲倦了。他跳进窗里，把红宝石放在桌上，就放在妇人的顶针旁边。过后他又轻轻地绕着床飞了一阵，用翅子扇着小孩的前额。“我觉得多么凉，”孩子说，“我一定好起来了。”他便沉沉地睡去了，他睡得很甜。

燕子回到快乐王子那里，把他做过的事讲给王子听。他又说：“这倒是很奇怪的事，虽然天气这么冷，我却觉得很暖和。”

“那是因为你做了一件好事，”王子说。小燕子开始想起来，过后他睡着了。他有这样的一种习惯，只要一用思想，就会打瞌睡的。

天亮以后他飞下河去洗了一个澡。一位禽学教授走过桥上，看见了，便说：“真是一件少有的事，冬天里会有燕子！”他便写了一封讲这件事的长信送给本地报纸发表。每个人都引用这封信，尽管信里有那么多他们不能了解的句子。

“今晚上我要到埃及去，”燕子说，他想到前途，心里非常高兴。他把城里所有的公共纪念物都参观过了，并且还在教堂的尖顶上坐了好一阵。不管他到什么地方，麻雀们都吱吱叫着，而且互相说：“这是一位多么显贵的生客！”因此他玩得非常高兴。

月亮上升的时候，他飞回到快乐王子那里。他问道：“你在埃及有什么事要我办吗？我就要动身了。”

“燕子，燕子，小燕子，”王子说，“你不肯陪我再过一夜么？”

“朋友们在埃及等我，”燕子回答道。“明天他们便要飞往尼罗河上游到第二瀑布去，在那儿河马睡在纸草中间，门农神[①]坐在花岗石宝座上面。他整夜守着星星，到晓星发光的时候，他发出一声欢乐的叫喊，然后便沉默了。正午时分，成群的黄狮走下河边来饮水。他们有和绿柱玉一样的眼睛，他们的吼叫比瀑布的吼声还要响亮。”

“燕子，燕子，小燕子，”王子说，“远远的，在城的那一边，我看见一个年轻人住在顶楼里面。他埋着头在一张堆满稿纸的书桌上写字，手边一个大玻璃杯里放着一束枯萎的紫罗兰。他的头发是棕色的，乱蓬蓬的，他的嘴唇像石榴一样地红，他还有一对朦胧的大眼睛。他在写一个戏，预备写成给戏院经理送去，可是他太冷了，不能够再写一个字。炉子里没有火，他又饿得头昏眼花了。”

“我愿意陪你再待一夜，”燕子说，他的确有好心肠。“你要我也给他送一块红宝石去吗？”

“唉！我现在没有红宝石了，”王子说，“我就只剩下一对眼睛。它们是用珍奇的蓝宝石做成的，这对蓝宝石还是一千年前在印度出产的，请你取出一颗来给他送去。他会把它卖给珠宝商，换钱来买食物、买木柴，好写完他的戏。”

“我亲爱的王子，我不能够这样做，”燕子说着哭起来了。

“燕子，燕子，小燕子，”王子说，“你就照我吩咐你的话做罢。”

燕子便取出王子的一只眼睛，往学生的顶楼飞去了。屋顶上有一个洞，要进去是很容易的，他便从洞里飞了进去。那个年轻人两只手托着脸颊，没有听见燕子的扑翅声，等到他抬起头来，却看见那颗美丽的蓝

---

① 希腊神话中埃塞俄比亚人之王，在特洛伊战争中为阿基里斯杀死，宙斯赐予永生。

宝石在枯萎的紫罗兰上面了。

“现在开始有人赏识我了，”他叫道；“这是某一个钦佩我的人送来的。我现在可以写完我的戏了，”他露出很快乐的样子。

第二天燕子又飞到港口去。他坐在一只大船的桅杆上，望着水手们用粗绳把大箱子拖出船舱来。每只箱子上来的时候，他们就叫着：“杭唷！……”“我要到埃及去了！”燕子嚷道，可是没有人注意他，等到月亮上升的时候，他又回到快乐王子那里去。

“我是来向你告别的，”他叫道。

“燕子，燕子，小燕子，”王子说，“你不肯陪我再过一夜么？”

“这是冬天了，”燕子答道，“寒冷的雪就快要到这儿来了，这时候在埃及，太阳照在浓绿的棕榈树上，很暖和，鳄鱼躺在泥沼里，懒洋洋地朝四面看。朋友们正在巴伯克[①]的太阳神庙里筑巢，那些淡红的和雪白的鸽子在旁边望着，一面在讲情话。亲爱的王子，我一定要离开你了，不过我决不会忘记你，来年春天我要给你带回来两粒美丽的宝石，偿还你给了别人的那两颗。我带来的红宝石会比一朵红玫瑰更红，蓝宝石会比大海更蓝。”

“就在这下面的广场上，站着一个卖火柴的女孩，”王子说。“她把她的火柴都掉在沟里了，它们全完了。要是她不带点钱回家，她的父亲会打她的，她现在正哭着。她没有鞋、没有袜，小小的头上没有一顶帽子。你把我另一只眼睛也取下来，拿去给她，那么她的父亲便不会打她了。”

“我愿意陪你再过一夜，”燕子说，“我却不能够取下你的眼睛。那

---

① 巴伯克，即赫利奥波利斯，古埃及城市，在尼罗河三角洲上，建有祀奉太阳神的庙宇。

个时候你就要变成瞎子了。”

“燕子，燕子，小燕子，”王子说，“你就照我吩咐你的话做罢。”

他便取下王子的另一只眼睛，带着它飞到下面去。他飞过卖火柴女孩的面前，把宝石轻轻放在她的手掌心里。“这是一块多么可爱的玻璃！”小女孩叫起来；她一面笑着跑回家去。

燕子又回到王子那儿。他说：“你现在眼睛瞎了，我要永远跟你在一块儿。”

“不，小燕子，”这个可怜的王子说，“你应该到埃及去。”

“我要永远陪伴你，”燕子说，他就在王子的脚下睡了。

第二天他整天坐在王子的肩上，给王子讲起他在那些奇怪的国土上见到的种种事情。他讲起那些红色的朱鹭，它们排成长行站在尼罗河岸上，用它们的长嘴捕捉金鱼。他讲起斯芬克斯，它活得跟世界一样久，住在沙漠里面，知道一切的事情。他讲起那些商人，他们手里捏着琥珀念珠，慢慢地跟着他们的骆驼走路；他讲起月山的王，他黑得像乌木，崇拜一块大的水晶。他讲起那条大绿蛇，它睡在棕榈树上，有二十个僧侣拿蜜糕喂它；他讲起那些侏儒，他们把扁平的大树叶当作小舟，载他们渡过大湖，又常常同蝴蝶发生战争。

“亲爱的小燕子，”王子说，“你给我讲了种种奇特的事情，可是最奇特的还是那许多男男女女的苦难。再没有比贫穷更不可思议的了。小燕子，你就在我这个城的上空飞一转罢，你告诉我你在这个城里见到些什么事情。”

燕子便在这个大城的上空飞着，他看见有钱人在他们的漂亮的住宅里作乐，乞丐们坐在大门外挨冻。他飞进阴暗的小巷里，看见那些饥饿的小孩伸出苍白的瘦脸没精打采地望着污秽的街道。在一道桥的桥洞下面躺着两个小孩，他们紧紧地搂在一起，想使身体得到一点温暖。

“我们真饿啊！”他们说。“你们不要躺在这儿，”看守人吼道，他们只好站起来走进雨中去了。

他便回去把看见的景象告诉了王子。

“我满身贴着纯金，”王子说，“你给我把它一片一片地拿掉，拿去送给那些穷人，活着的人总以为金子能够使他们幸福。”

燕子把纯金一片一片地啄了下来，最后快乐王子就变成灰暗难看的了。他又把纯金一片一片地拿去送给那些穷人。小孩们的脸颊上现出了红色，他们在街上玩着，大声笑着。“我们现在有面包了，”他们这样叫道。

随后雪来了，严寒也到了。街道仿佛是用银子筑成的，它们是那么亮，那么光辉，长长的冰柱像水晶的短剑似的悬挂在檐前，每个行人都穿着皮衣，小孩们也戴上红帽子溜冰取乐。

可怜小燕子却一天比一天地更觉得冷了，可是他仍然不肯离开王子，他太爱王子了。他只有趁着面包师不注意的时候，在面包店门口啄一点面包屑吃，而且拍着翅膀来取暖。

但是最后他知道自己快要死了。他就只有一点气力，够他再飞到王子的肩上去一趟。“亲爱的王子，再见罢！”他喃喃地说，“你肯让我亲你的手吗？”

“小燕子，我很高兴你到底要到埃及去了，”王子说，“你在这儿住得太久了，不过你应该亲我的嘴唇，因为我爱你。”

“我现在不是到埃及去，”燕子说。“我是到死之家去的。听说死是睡的兄弟，不是吗？”

他吻了快乐王子的嘴唇，然后跌在王子的脚下，死了。

那个时候在这座像的内部忽然起了一个奇怪的爆裂声，好像有什么东西破碎了似的。事实是王子的那颗铅心已经裂成两半了。这的确是一个极可怕的严寒天气。

第二天大清早市参议员们陪着市长在下面广场上散步。他们走过圆柱的时候，市长仰起头看快乐王子的像。“啊，快乐王子多么难看！”他说。

“的确很难看！”市参议员们齐声叫起来，他们平日总是附和市长的意见的，这时大家便走上去细看。

“他剑柄上的红宝石掉了，眼睛也没有了，他也不再是黄金的了，”市长说；“讲句老实话，他比一个讨饭的好不了多少！”

“比一个讨饭的好不了多少，”市参议员们说。

“他脚下还有一只死鸟！”市长又说，“我们的确应该发一个布告，禁止鸟死在这个地方。”书记员立刻把这个建议记录下来。

以后他们就把快乐王子的像拆下来了。大学的美术教授说：“他既然不再是美丽的，那么不再是有用的了。”

他们把这座像放在炉里熔化，市长便召集一个会来决定金属的用途。“自然，我们应该另外铸一座像，”他说，“那么就铸我的像吧。”

“不，还是铸我的像，”每个市参议员都这样说，他们争吵起来。我后来听见人谈起他们，据说他们还在争吵。

“真是一件古怪的事，”铸造厂的监工说。“这块破裂的铅心在炉里熔化不了。我们一定得把它扔掉。”他们便把它扔在一个垃圾堆上，那只死燕子也躺在那里。

“把这个城里两件最珍贵的东西给我拿来，”上帝对他的一个天使说；天使便把铅心和死鸟带到上帝面前。

“你选得不错，”上帝说，“因为我可以让这只小鸟永远在我天堂的园子里歌唱，让快乐王子住在我的金城里赞美我。”

夜莺与蔷薇

“她说过只要我送给她一朵红蔷薇，她就同我跳舞，”年轻的学生大声说，“可是我的花园里，连一朵红蔷薇也没有。”

夜莺在她的常青橡树上的巢里听见了他的话，她从绿叶丛中向外张望，非常惊讶。

“找遍我整个花园都找不到一朵红蔷薇，”他带哭说，他美丽的眼睛里充满了泪水。“唉，想不到幸福就系在这么细小的事情上面！我读过了那班聪明人写的东西，一切学问的秘密我都知道了，可是因为少了一朵红蔷薇，我的生活就变成很不幸的了。”

“现在到底找到一个忠实的情人了，”夜莺自语道。“我虽然不认识他，可是我每夜都在歌颂他。我一夜又一夜地把他的故事讲给星星听，现在我亲眼看见他了。他的头发黑得像盛开的风信子，他的嘴唇就像他想望的蔷薇那样红。可是热情使他的脸变得像一块失色的象牙，忧愁已经印上他的眉梢了。”

“王子明晚要开跳舞会，”年轻的学生喃喃说，“我所爱的人要去赴会。要是我带一朵红蔷薇去送她，她便会同我跳舞到天亮。要是我送她一朵红蔷薇，我便可以搂着她，让她的头靠在我肩上，她的手捏在我手里。可是我的园子里并没有红蔷薇，我就不得不寂寞地枯坐在那儿，她会走过我面前不理我。她不理睬我，我的心就要碎了。”

“这的确是一个忠实的情人，”夜莺说。“我所歌唱的，正是使他受苦的东西。在我是快乐的东西，在他却成了痛苦。爱情真是一件了不起的东西。它比绿宝石更宝贵，比猫眼石更值价。用珠宝也买不到它。它不是陈列在市场上的，它不是可以从商人那儿买到的，也不能称轻重拿来换钱。”

“乐师们会坐在他们的廊厢里，”年轻的学生说，“弹奏他们的弦乐器，我心爱的人会跟着竖琴和小提琴的声音跳舞。她会跳得那么轻快，好像她的脚就没有挨着地板似的，那些穿漂亮衣服的朝臣会团团地围住她。可是她不会同我跳舞，因为我没有红蔷薇带给她，”于是他扑倒在草地上，双手蒙住脸哭起来。

“他为什么哭？”一条小小的绿蜥蜴竖起尾巴跑过学生面前，这样问道。

“的确，为的什么？”一只蝴蝶说，他正跟着一线日光飞舞。

“的确，为的什么？”一朵雏菊温和地对他的邻人小声说。

“他为了一朵红蔷薇在哭！”夜莺答道。

“为了一朵红蔷薇！”他们嚷起来，“多么可笑！”小蜥蜴素来爱讥诮人，他大声笑了。

然而夜莺了解学生的烦恼，她默默地坐在橡树枝上，想着爱情的不可思议。

突然她张开她的棕色翅膀，往空中飞去。她像影子似地穿过树林，又像影子似地飞过了花园。

在草地的中央有一棵美丽的蔷薇树，她看见了那棵树，便飞过去，栖在它的一根小枝上。

“给我一朵红蔷薇，”她大声说，“我要给你唱我最好听的歌。”

可是这棵树摇摇它的头。

“我的蔷薇是白的，”它回答，“像海里浪花那样白，比山顶的积雪更白。你去找我那个长在旧日晷仪旁边的兄弟吧，也许他会把你要的东西给你。”

夜莺便飞到那棵生长在日晷仪旁边的蔷薇树上去。

“给我一朵红蔷薇，”她大声说，“我要给你唱我最好听的歌。”

可是这棵树摇摇它的头。

“我的蔷薇是黄的，”它答道，“就像坐在琥珀宝座上的美人鱼的头发那样黄，比刈草人带着镰刀到来以前在草地上开花的水仙更黄。去找我那个长在学生窗下的兄弟吧，也许他会把你要的东西给你。”

夜莺便飞到那棵长在学生窗下的蔷薇树上去。

“给我一朵红蔷薇，”她大声说，“我要给你唱我最好听的歌。”

可是这棵树摇摇它的头。

“我的蔷薇是红的，”它答道，“像鸽子脚那样红，比在海洋洞窟中扇动的珊瑚大扇更红。可是冬天已经冻僵了我的血管，霜已经冻枯了我的花苞，风雨已经打折了我的树枝，我今年不会再开花了。”

“我只要一朵红蔷薇，”夜莺叫道。“只是一朵红蔷薇！我还有什么办法可以得到它吗？”

“有一个办法，”树答道；“只是那太可怕了，我不敢对你说。”

“告诉我吧，”夜莺说，“我不怕。”

“要是你想要一朵红蔷薇，”树说，“你一定要在月光底下用音乐造成它，并且用你的心血染红它。你一定要拿你的胸脯抵住我的一根刺来给我唱歌。你一定要给我唱一个整夜，那根刺一定要刺穿你的心。你的鲜血也一定要流进我的血管里来变成我的血。”

“拿死来换一朵红蔷薇，代价太大了，”夜莺大声说，“生命对每个人都是很宝贵的。坐在绿树上望着太阳驾着他的金马车，月亮驾着她的珍珠马车出来，是一件多快乐的事。山楂的气味是香的，躲藏在山谷里的桔梗同在山头开花的石楠也是香的。可是爱情胜过生命，而且一只鸟的心怎么能跟一个人的心相比呢？”

她便张开她的棕色翅膀飞起来，飞到空中去了。她像影子似地掠过花园，又像影子似地穿过了树丛。

年轻的学生仍然躺在草地上，跟她先前离开他的时候一样，他那美丽眼睛里的泪水还不曾干去。

“你要快乐啊，”夜莺大声说，“你要快乐啊，你就会得到你那朵红蔷薇的。我要在月光底下用音乐造成它，拿我的心血把它染红。我只要求你做一件事来报答我，就是你要做一个忠实的情人，因为不管哲学是怎样地聪明，爱情却比她更聪明，不管权力是怎样地伟大，爱情却比他更伟大。爱情的翅膀是像火焰一样的颜色，他的身体也是像火焰一样的颜色。他的嘴唇像蜜一样甜；他的气息香得跟乳香[①]一样。”

学生在草地上仰起头来，并且侧着耳朵倾听，可是他不懂夜莺在对他讲些什么，因为他只知道那些写在书本上的事情。

可是橡树懂得，他觉得难过，因为他很喜欢这只在他枝上做窠的小夜莺。

“给我唱个最后的歌吧，”他轻轻地说；“你死了，我会觉得很寂寞。”

夜莺便唱歌给橡树听，她的声音好像银罐子里沸腾着的水声一样。

她唱完歌，学生便站起来，从他的衣袋里拿出一个笔记本和一支铅笔。

“她长得好看，”他对自己说，便穿过树丛走开了——“这是不能否认的；可是她有情感吗？我想她大概没有。事实上她跟大多数的艺术家一样；她只有外表的东西，没有一点真诚。她不会为着别人牺牲她自己。她只关心音乐，每个人都知道艺术是自私的。不过我还得承认她的声音里也有些美丽的调子。只可惜它们完全没有意义，也没有一点实际

① 以色列民族烧的一种香。

的好处。”他走进屋子，躺在他那张小床上，又想起他的爱人，过一忽儿，他便睡熟了。

等着月亮升到天空的时候，夜莺便飞到蔷薇树上来；拿她的胸脯抵住蔷薇刺。她把胸脯抵住刺整整唱了一夜，清澈的冷月也俯下头来静静听着，她整整唱了一夜，蔷薇刺也就刺进她的胸膛，越刺越深，她的鲜血也越来越少了。

她起初唱着一对小儿女心里的爱情[①]。在蔷薇树最高的枝上开出了一朵奇异的蔷薇，歌一首一首地唱下去，花瓣也跟着一片一片地开放了。花起初是浅白的，就像罩在河上的雾，浅白色像晨光的脚，银白色像黎明的翅膀。最高枝上开花的那朵蔷薇，就像一朵在银镜中映出的蔷薇花影，就像一朵在水池中映出的蔷薇花影。

可是树叫夜莺把刺抵得更紧一点。“靠紧些，小夜莺，”树大声说，“不然，蔷薇还没有完成，白天就来了。”

夜莺便把蔷薇刺抵得更紧，她的歌声也越来越响亮了，因为她正唱着一对成年男女心灵中的热情[②]。

一层娇嫩的红晕染上了蔷薇花瓣，就跟新郎吻着新娘的时候，他脸上泛起的红晕一样。可是刺还没有达到夜莺的心，所以蔷薇的心还是白的，因为只有夜莺的心血才可以把蔷薇的心染红。

树叫夜莺把刺抵得更紧一点。“靠紧些，小夜莺，”树大声说，“不然，蔷薇还没有完成，白天就来了。”

夜莺便把蔷薇刺抵得更紧，刺到了她的心。一阵剧痛散布到她全身。她痛得越厉害，越厉害，她的歌声也唱得越激昂，越激昂，因为她

---

① 原文是“爱情的产生(the birth of love)”，现将“产生”一词略去。
② 原文是“热情的产生(the birth of passion)”，现将“产生”一词略去。

唱到了由死来完成的爱，在坟墓里永远不朽的爱。

这朵奇异的蔷薇变成了深红色，就像东方天空的朝霞。花瓣的外圈是深红的，花心红得像一块红玉。

可是夜莺的歌声渐渐地弱了，她的小翅膀扑起来，一层薄翳罩上了她的眼睛。她的歌声越来越低，她觉得喉咙被什么东西堵住了。

于是她唱出了最后的歌声。明月听见它，居然忘记落下去，却只顾在天空徘徊。红蔷薇听见它，便带了深的喜悦颤抖起来，张开花瓣去迎接清晨的凉气。回声把它带到山中她的紫洞里去，将酣睡的牧童从好梦中唤醒。它又飘过河畔芦苇丛中，芦苇又把它的消息给大海带去。

“看啊，看啊！”树叫起来，“现在蔷薇完成了。”可是夜莺并不回答，因为她已经死在长得高高的青草丛中了，心上还带着那根蔷薇刺。

正午学生打开窗往外看。

“啊，真是很好的运气啊！”他嚷起来；“这儿有一朵红蔷薇！我一辈子没有见过一朵这样的蔷薇。它真美，我相信它有一个长的拉丁名字。”他弯下身子到窗外去摘了它。

于是他戴上帽子，拿着红蔷薇，跑到教授家中去。

教授的女儿坐在门口，正在纺车上绕缠青丝，她的小狗躺在她的脚边。

“你说过要是我送你一朵红蔷薇，你就会跟我跳舞，”学生大声说。“这儿有一朵全世界中最红的蔷薇。你今晚上就把它带在你贴心的地方，我们一块儿跳舞的时候，它会对你说，我多么爱你。”

可是少女皱着眉头。

“我怕它跟我的衣服配不上，”她答道，“而且御前大臣的侄儿送了我一些上等珠宝，谁都知道珠宝比花更值钱。”

“好吧，我老老实实告诉你，你是忘恩负义的，”学生带怒地说；

他把花丢到街上去，花刚巧落进路沟，一个车轮在它身上碾了过去。

“忘恩负义！”少女说。“我老实对你说，你太不懂礼貌了；而且你究竟是什么人？你不过是一个学生。唔，我不相信你会像御前大臣的侄儿那样鞋子上钉着银扣子，”她站起来走进屋里去了。

“爱情是多无聊的东西，”学生一边走，一边说。“它的用处比不上逻辑的一半。因为它什么都不能证明，它总是告诉人一些不会有的事，并且总是教人相信一些并不是实有的事。总之，它是完全不实际的，并且在我们这个时代，什么都得讲实际，我还是回到哲学上去，还是去研究形而上学吧。”

他便回到他的屋子里，拿出一本满是灰尘的大书读起来。

自私的巨人

每天下午，孩子们放学以后，总喜欢到巨人的花园里去玩。

这是一个可爱的大花园，园里长满了柔嫩的青草。草丛中到处露出星星似的美丽花朵；还有十二棵桃树，在春天开出淡红色和珍珠色的鲜花，在秋天结着丰富的果子。小鸟们坐在树枝上唱出悦耳的歌声，它们唱得那么动听，孩子们都停止了游戏来听它们。“我们在这儿多快乐！”孩子们互相欢叫。

有一天巨人回来了。他原先离家去看他的朋友，就是那个康华尔地方的吃人鬼，在那里一住便是七年。七年过完了，他已经把他要说的话说尽了(因为他谈话的才能是有限的)，他便决定回他自己的府邸去。他到了家，看见小孩们正在花园里玩。

“你们在这儿做什么？”他粗暴地叫道，小孩们都跑开了。

“我自己的花园就是我自己的花园，”巨人说，“这是随便什么人都懂得的，除了我自己以外，我不准任何人在里面玩。”所以他就在花园的四周筑了一道高墙，挂起一块布告牌来。

不准擅入
违者重惩

他是一个非常自私的巨人。

那些可怜的小孩们现在没有玩的地方了。他们只好勉强在街上玩，可是街道灰尘多，到处都是坚硬的石子，他们不喜欢这个地方。他们放学以后常常在高墙外面转来转去，并且谈论墙内的美丽的花园。“我们从前在那儿是多么快活啊，”他们都这样说。

春天来了，乡下到处都开着小花，到处都是小鸟歌唱。单单在巨人的花园里却仍旧是冬天的气象。鸟儿不肯在他的花园里唱歌，因为那里再没有小孩的踪迹，树木也忘了开花。偶尔有一朵美丽的花从草间伸出头来，可是它看见那块布告牌，禁不住十分怜惜那些不幸的孩子，它马上就缩回在地里，又去睡觉了。觉得高兴的只有雪和霜两位。她们嚷道：“春天把这个花园忘记了，所以我们一年到头都可以住在这儿。”雪用她的白色大氅盖着草，霜把所有的树枝涂成了银色。她们还请北风来同住，他果然来了。他身上裹着皮衣，整天在园子里四处叫吼，把烟囱管帽也吹倒了。他说：“这是一个适意的地方，我们一定要请雹来玩一趟。”于是雹来了。他每天总要在这府邸屋顶上闹三个钟头，把瓦片弄坏了大半才停止。然后他又在花园里绕着圈子用力跑。他穿一身的灰色，他的气息就像冰一样。

“我不懂为什么春天来得这样迟，”巨人坐在窗前，望着窗外他那寒冷的、雪白的花园，自言自语，“我盼望天气不久就会变好。”

可是春天始终没有来，夏天也没有来。秋天给每个花园带来金色果实，但巨人的花园却什么也没有得到。“他太自私了，”秋天这样说。因此冬天永远留在那里，还有北风，还有雹，还有霜，还有雪，他们快乐地在树丛中跳舞。

一天早晨巨人醒在床上，他忽然听见了动人的音乐。这音乐非常好听，他以为一定是国王的乐队在他的门外走过。其实这只是一只小小的梅花雀在他的窗外唱歌，但是他很久没有听见一只小鸟在他的园子里歌唱了，所以他会觉得这是全世界中最美的音乐。这时雹也停止在他的头上跳舞，北风也不叫吼，一股甜香透过开着的窗来到他的鼻端。“我相信春天到底来了，”巨人说，他便跳下床去看窗外。

他看见了什么呢？

他看见一个非常奇怪的景象。孩子们从墙上一个小洞爬进园子里来，他们都坐在树枝上面，他在每一棵树上都可以见到一个小孩。树木看见孩子们回来十分高兴，便都用花朵把自己装饰起来，还在孩子们的头上轻轻地舞动胳膊。鸟儿们快乐地四处飞舞歌唱，花儿们也从绿草中间伸出头来看，而且大笑了。这的确是很可爱的景象。只有在一个角落里冬天仍然留着，这是园子里最远的角落，一个小孩正站在那里。他太小了，他的手还挨不到树枝，他就在树旁转来转去，哭得很厉害。这株可怜的树仍然满身盖着霜和雪，北风还在树顶上吹，叫。“快爬上来！小孩，”树对孩子说，一面尽可能地把枝子垂下去，然而孩子还是太小了。

巨人看见窗外这个情景，他的心也软了。他对自己说：“我是多么自私啊！现在我明白为什么春天不肯到这儿来了。我要把那个可怜的小孩放到树顶上去，随后我要把墙毁掉，把我的花园永远永远变作孩子们的游戏场。”他的确为着他从前的举动感到十分后悔。

他轻轻地走下楼，静悄悄地打开前门，走进院子里去。但是孩子们看见他，非常害怕，他们立刻逃走了，花园里又现出冬天的景象。只有那个最小的孩子没有跑开，因为他的眼里充满了泪水，使他看不见巨人走过来。巨人偷偷地走到他后面，轻轻地抱起他，放到树枝上去。这棵树马上开花了，鸟儿们也飞来在枝上歌唱，小孩伸出他的两只胳膊，抱住巨人的颈项，跟他接吻。别的小孩看见巨人不再像先前那样凶狠了，便都跑回来。春天也就跟着小孩们来了。巨人对他们说：“孩子们，花园现在是你们的了，”他拿出一把大斧，砍倒了围墙。中午人们赶集，经过这里，他们看见巨人和小孩们一块儿在他们从未见过的这样美的花园里面玩。

巨人和小孩们玩了一整天，天黑了，小孩们便来向巨人告别。

“可是你们那个小朋友在哪儿？我是说那个由我放到树上去的孩子。”巨人最爱那个小孩，因为那个小孩吻过他。

“我们不知道，他已经走了，”小孩们回答。

“你们不要忘记告诉他，叫他明天一定要到这儿来，”巨人嘱咐道，但是小孩们说他们不知道他住在什么地方，而且他们以前从没有见过他；巨人觉得很不快活。

每天下午小孩们放学以后，便来找巨人一块儿玩。可是巨人喜欢的那个小孩却再也看不见了。巨人对待所有的小孩都很和气，可是他非常想念他的第一个小朋友，并且时常讲起他。“我多么想看见他啊！”他时常这样说。

许多年过去了，巨人也很老了。他不能够再跟小孩们一块儿玩，因此他便坐在一把大的扶手椅上看小孩们玩各种游戏，同时也欣赏他自己的花园。他说：“我有许多美丽的花，可是孩子们却是最美丽的花。”

一个冬天的早晨，他起床穿衣的时候，把眼睛掉向窗外望。他现在不恨冬天了，因为他知道这不过是春天在睡眠，花在休息罢了。

他突然惊讶地揉他的眼睛，并且向窗外看了再看。这的确是一个很奇妙的景象。园子的最远的一个角里有一棵树，枝上开满了可爱的白花。树枝完全是黄金的，枝上低垂着累累的银果，在这棵树下就站着他所爱的那个小孩。

巨人很欢喜地跑下楼，进了花园。他急急忙忙地跑过草地，到小孩身边去。等他挨近小孩的时候，他的脸带着愤怒涨红了，他问道：“谁敢伤害了你？”因为小孩的两只手掌心上现出两个钉痕，在他两只小脚的脚背上也有两个钉痕。

“谁敢伤害了你？我立刻拿我的大刀去杀死他，”巨人叫道。

“不！”小孩答道，“这是爱的伤痕啊。”

“那么你是谁？”巨人说，他突然起了一种奇怪的敬畏的感觉，便在小孩面前跪下来。

小孩向着巨人微笑了，对他说：“你有一回让我在你的园子里玩过，今天我要带你到我的园子里去，那就是天堂啊。”

那天下午小孩们跑进园子来的时候，他们看见巨人躺在一棵树下，他已经死了，满身盖着白花。

忠实的朋友

有天早晨一只老河鼠从他的洞里伸出头来。他有明亮的小眼睛和坚硬的灰色颊须，他的尾巴好像是一条长长的黑橡皮。小鸭们在池塘里游来游去，看起来真像一群黄色的金丝雀，他们的母亲全身纯白，配上一对真正的红腿，她正在教他们怎样在水中倒立。

“你们要是不会倒立，就永不会有跟上等人来往的机会，”她不断地对他们说，并且她时常做给他们看，怎样才可以倒立起来。可是小鸭们并不注意她。他们太年轻了，完全不知道跟上等人来往的好处。

“多么不听话的孩子！”老河鼠嚷道，“他们实在应当淹死。”

“不是的，”母鸭答道，“开头不容易，对谁都是一样，做父母的要有耐心才好。”

“啊！我一点也不懂做父母的情感，”河鼠说。“我不是个有家室的人。其实，我从没有结过婚，也决不想结婚。爱情就它本身来说也很不错，可是友谊却比它高尚得多。老实说，我不知道在世界上还有什么比忠实的友谊更高贵、更难得的东西。”

“那么请问，你以为一个忠实的朋友究竟有些什么样的义务？”一只绿色梅花雀坐在近旁一棵柳树上面，听见他们的谈话便插嘴问道。

“对啊，我也就是想知道这一点，”母鸭说，她便游到池子的那一头去，倒立起来，给她的孩子们做一个好榜样。

“你问得多傻！”河鼠大声说。“自然啊，我希望我的忠实的朋友对我忠实。”

“那么你又怎样报答呢？”小鸟说，他拍起他的小翅膀，跳上了一根银色的丫枝。

“我不明白你的意思，”河鼠答道。

“我给你讲一个这方面的故事吧，”梅花雀说。

“这是跟我有关的故事吗？”河鼠问道，“要是那样的话，我倒高兴听，因为我很喜欢小说。”

“这个故事也可以用到你身上，”梅花雀答道，他飞下来，站在河岸上，开始讲着“忠实的朋友”的故事。

“从前，”梅花雀说道，“有一个非常老实的小家伙名叫汉斯。”

“他很出名吗？”河鼠问道。

“不，”梅花雀答道，“我一点儿也不觉得他出名，不过他的心肠好，而且有一张很滑稽的、和善的圆脸，那倒是很多人知道的。他一个人住在一间小茅屋里，每天在他的园子里工作。在他那一带地方没有一个花园像他的那样可爱的。那儿有美洲石竹，有紫罗兰，有荠，有法国的松雪草。有淡红色蔷薇，有黄蔷薇，有番红花，有金色、紫色和白色的堇菜。耧斗菜和碎米荠，牛膝草和野兰香，莲香花和鸢尾，黄水仙和丁香都按照季节依次开花，一种花刚谢了，另一种花又跟着开放，园中永远看得见美丽的东西，永远闻得到好闻的香气。

“小汉斯有许多朋友，不过里面最忠实的却要算磨面师大修。的确这个有钱的磨面师对小汉斯是极忠实的，他每次走过小汉斯的花园一定要靠在篱笆上折一大束花，或者拔一把香草，要是在有果子的季节，他一定要拿梅子和樱桃装满他的衣袋。

“磨面师常常对小汉斯说：‘真朋友应当共享一切，’小汉斯听着，点头微笑，他觉得自己有一个思想这么高超的朋友，是很可骄傲的事。

“的确，有时候邻居们也觉得奇怪：那个有钱的磨面师尽管有一百袋面粉存在他的磨坊里，又有六头奶牛和一大群绵羊，他却从没有给过小汉斯一点东西；不过小汉斯始终没有想过那些，而且磨面师常常对他讲些关于真正友谊的不自私的事情，在他，再没有什么比听他朋友讲那些奇妙事情更使他高兴的了。

“小汉斯就这样一直在他的园子里劳动着。在春、夏、秋三季里他很快乐，可是冬天一来，他没有果子或者鲜花带到市场去卖，他就得大大地挨饿受冻，常常连晚饭也吃不上，只吃一两个干梨或者硬核桃就上床睡觉了。在冬天他还很寂寞，因为磨面师在那些时候从没有来看过他。

“磨面师常常对他妻子说：‘雪还没有化的时候，我去看小汉斯，是没有好处的，因为人在困难时候，应该让他安静，不应当有客人去打扰他。这至少是我对于友谊的看法，我相信我是对的。所以我要等到春天来，才去探望他，那时他便可以送我一大篮樱草，这会使他非常高兴。’

“他的妻子正坐在壁炉旁一把舒适的圈手椅上，对着一炉旺柴火，便叫道：‘你为着别人想得很周到，的确很周到。听你谈起友谊，真叫人满意。我相信连牧师本人也讲不出这样美丽的事，哪怕他住在一所三层的楼房里，小手指上还戴了一个金戒指。’

“这时磨面师的最小的儿子在旁边插嘴说：‘可是我们不能请小汉斯到这儿来吗？要是可怜的汉斯有困难的话，我愿意把我的粥分一半给他，我还要给他看我的小白兔。’

“磨面师听见这话便嚷起来：‘你这孩子多傻！我真不明白送你上学念书有什么用。你好像什么都没有学到，你听我说，要是小汉斯到了我们这儿，看见我们的一炉旺火，看见我们的好的饮食和大桶的红酒，他说不定会妒忌的，妒忌是件最可怕的事，它会损害人的天性。我决不愿意叫汉斯的天性给损害了。我是他最好的朋友，我要永远照管他，并且留心他不要受到任何的诱惑。而且，要是汉斯到了这儿，他也许会要求我赊欠点面粉给他，这是我办不到的事。面粉是一件事，友谊又是一件事，不能够混在一块儿。你看，这两个词儿念起来声音差得很远，意思也完全不同。每个人都看得出来。’

“磨面师的妻子给自己斟了一大杯温热的麦酒，一面称赞道：‘你说得多好！真的我在打瞌睡了。真正像在礼拜堂里听讲一样。’

“磨面师答道：‘做得好的人多，可是说得好的人却很少，可见两者之中还是说话更难，而且也更漂亮。’他用严厉的眼光望着坐在桌子那面的小儿子，那个孩子十分不好意思，低下头，满脸通红，眼泪偷偷地掉到他的茶杯里去了。然而，他年纪还这么小，你们得原谅他啊。”

“这是故事的收场吗？”河鼠问道。

“当然不是，”梅花雀答道，“这是开头啊。”

“那么你太落伍了，”河鼠说。“现在会讲故事的人都是从收场讲起，然后讲到开头，最后才是中段，这是新方法。前些时候我听见一个批评家讲起这些话，那天他正同一个年轻人在池塘边散步。他谈起这个问题发了长篇大论，我相信他说得不错，因为他头顶全秃了，鼻梁上架着一副蓝眼镜，并且只要年轻人一讲话，他就回答一声‘呸！’不过请你还是把你的故事讲下去吧。我很喜欢那个磨面师。我自己也有一大堆美丽的情感，所以我非常同情他。”

“好的，”梅花雀说，他时而用这只腿跳，时而又用那只腿跳，“等到冬天一过去，樱草开出浅黄色的星花来的时候，磨面师马上对他妻子说，他想下山去探望小汉斯。

“他的妻子大声称赞道：‘啊，你心肠多好啊！你总是想着别人。你千万不要忘记把大篮子带去装花回来。’

“磨面师便用一根结实的铁链把风车的翅子缚在一块儿，又将篮子挂在他的胳膊上走下山去。

“磨面师见着小汉斯便招呼道：‘早安，小汉斯。’

“汉斯把身子支在他的铁铲上，满面笑容地回答：‘早安。’

“磨面师问道：‘这一个冬天你过得怎样？’

“汉斯大声说：‘啊，承你问起这个，你实在太好了，你真是太好了。过去我倒有过一点儿困难，可是春天已经来了，我真快乐，我所有的花全开得很好。’

“磨面师说：‘这个冬天我们常常讲起你，我们常常担心你怎样地在过日子。’

“汉斯说：‘你太厚道了，我倒有点害怕你已经把我忘记了。’

“磨面师说：‘汉斯，你这个想法真叫人惊奇，友谊绝不会使人忘记。这就是友谊的了不起的地方，不过我想你也许不懂生活的诗意。还有，啊，你的樱草多好看！’

“汉斯答道：‘它们的确很好看，并且我今年运气真好，会有这么多的樱草，我要把它们带到市上去，卖给市长小姐，得到钱来赎回我的小车。’

“磨面师说：‘赎回你的小车？你是说你已经把小车卖掉了吗？这多傻啊！’

“汉斯说：‘啊，我不得不这样做。你知道冬天对我是个很艰难的时期，我真的没有一个钱买面包。所以我最初卖掉我礼拜天穿的衣服上的银纽扣，随后卖掉我的银链子，后来又卖掉我的大烟斗，最后卖掉我的小车。可是我现在就要把它们全赎回来。’

“磨面师说：‘汉斯，我愿意把我的小车给你。它不算十分完好；的确，它有一边是落了，轮条也有点毛病；可是不管这个，我还是要把它送给你。我知道，我是非常慷慨的，并且很多人都会认为我送掉它是件很傻的举动，可是我跟一般人不同。我以为慷慨就是友谊的精华，并且

我还给自己留着一辆新的小车。不错，你大可以放心，我会把我的小车给你。’

“小汉斯一张滑稽有趣的圆脸上充满了喜色，他说：‘啊，你真慷慨。我可以毫不费力地把它修好，因为我屋里有一块木板。’

“磨面师说：‘一块木板！啊，我正想找块木板来补我的仓顶。我仓顶上有个大洞，要是我不塞住它，谷子都会受潮的。幸好你提起了它！一件好事常常引起另一件来，这句话真不错。我已经把我的小车给了你，现在你要把你的木板给我了。不用说，小车比木板贵得多，可是真正的友谊从来不留心这样的事情。请你马上把木板拿来，我今天就要动手修我的仓。’

“小汉斯大声说：‘我马上去，’他跑进他的小茅屋，把木板拖了出来。

“磨面师望着木板，一面说：‘这块木板并不很大，我担心我用来补了我的仓顶以后就没有留给你补小车的了；不过，这当然不是我的错。并且我既然把我的小车给了你，我相信你一定高兴给我一些花作报答。篮子在这儿，请你给我装得满满的。’

“小汉斯接着篮子，带点烦恼地说：‘装得满满的吗？’因为这个篮子实在很大，他知道要是他把它装满，就没有花留下来拿到市上去卖了，可是他很想把他的银纽扣赎回来。

“磨面师答道：‘当然啊，我既然把我的小车给了你，我觉得向你讨一点花，也不为过。我也许错了，可是我总以为友谊，真正的友谊是不带一点儿私心的。’

“小汉斯大声嚷起来：‘我亲爱的朋友，我最好的朋友，所有我园子里的花全听你自由使用。我宁愿早得到你的看重，至于我那银纽扣随便哪天都成，’他便跑去，把他园里所有的美丽的樱草全摘下来，装满了磨面师的篮子。

“磨面师说：‘小汉斯，再见，’他把木板扛在肩头，大篮子拿在手里上山去了。

“小汉斯说：‘再见，’他又很高兴地继续挖起土来，那辆小车太使他满意了。

“第二天，他正把忍冬钉在门廊上的时候，听见磨面师的声音在大路上唤他。他便从梯子上跳下来，跑到花园里去，向墙外张望。

“磨面师站在那儿，背上扛着一大袋面粉。

“磨面师说：‘亲爱的小汉斯，你肯替我把这袋面粉扛到市上去吗？’

“汉斯说：‘啊，真对不起，不过我今天实在很忙。我得把我那些藤子全钉起来，我那些花全浇了水，我那些草全剪平。’

“磨面师说：‘好，你说得不错，不过我就要把我的小车送给你了，你还拒绝我，我觉得你未免不讲交情。’

“小汉斯大声说：‘啊，你不要这样说，我无论如何，不会不讲交情；’他便跑进屋去拿了帽子，然后出去接过了那一大袋面粉，扛在他的肩头，动身往市上去了。

“这是一个大热天，路上尘土多得可怕，汉斯还不曾走到第六个里程石，他就累得没有办法，不得不坐下来休息了。可是他又勇敢地继续向前走去，后来他到了市场。他在市上等了一忽儿，便把那袋面粉卖出去了，卖价很高，他得到钱立刻回家去，因为他害怕，要是他在市场上耽搁久了，说不定会在路上遇见强盗的。

“晚上小汉斯上床睡觉的时候，他对自己说：‘今天实在是很吃力，不过我倒高兴我并没有拒绝磨面师，因为他是我最好的朋友，并且他就要把他的小车送给我。’

“第二天大清早磨面师就下山来拿卖面粉的钱，可是小汉斯太疲倦了，他还睡在床上。

“磨面师说：‘说老实话，你太懒了。我就要把我的小车给你，你应当更勤快点才像话。懒惰是一件大罪。我当然不喜欢我有个偷懒朋友。你一定不会怪我跟你很坦白地直说。自然啊，我要不是你的朋友，我决不会这样做的。可是如果一个人不能把自己的意思直说出来，那么还用得着友谊干吗？随便什么人都可以说漂亮话，讨好人，巴结人，可是一个真心朋友却总是说些不中听的话，并且不惜给人苦吃。的确，一个真正的真心朋友是高兴这样做的，因为他知道他是在做好事。’

“小汉斯揉着他的眼睛，脱下他的睡帽来，一面说：‘请你原谅，我实在太累了，我还想在床上躺一忽儿，听听小鸟儿唱歌。你知道我听过小鸟儿唱歌以后做事情总是更有精神吗？’

“磨面师拍着小汉斯的背说：‘好，我听见很高兴，因为我要你穿好衣服马上就到我磨坊来，给我补谷仓顶。’

“可怜的小汉斯很想就到他自己的园子里去工作，因为他的花已经有两天没有浇水了，可是磨面师是他一个极好的朋友，他不愿意拒绝他。

“他便用一种半羞惭半害怕的声调问道：‘如果我说我很忙，你会以为我不讲交情吗？’

“磨面师答道：‘是啊，我并不觉得我对你要求得太多，既然我要把我的小车送给你；不过要是你不肯，我就自己动手做。’

“小汉斯连忙叫起来：‘啊，绝不可以；’他从床上跳下来，穿好衣服，走到谷仓那儿去了。

“他在那儿做了一整天，一直做到黄昏，黄昏时分磨面师来看他究竟做得怎样了。

“磨面师快乐地叫起来：‘小汉斯，你把屋顶上的洞补好了吗？’

“小汉斯从梯子上爬下来，答道：‘完全补好了。’

“磨面师说：‘啊，世界上再没有比替别人做事情更快乐的了。’

“小汉斯坐下来，指着额上的汗答道：‘听你谈话，的确是大的光荣，极大的光荣，可是我害怕我永远不会有你这样的美丽的思想。’

“磨面师说：‘啊，你慢慢儿就会有的，不过你得再努力些。现在你才只做到友谊的实行；将来有一天你也会有理论的。’

“小汉斯便问：‘你真的以为我会吗？’

“磨面师答道：‘我一点儿也不怀疑，不过现在你既然补好了屋顶，你最好就回家去休息，因为我明天还要你把我的羊赶到山上去。’

“可怜的小汉斯对这件事情连一句话也害怕说，第二天大清早磨面师便把他的羊赶到茅屋外面来了，汉斯只好带它们上山去。这样的来回一趟就花了他整天的功夫；他回到家的时候，人疲倦得要命，就坐在椅子上睡着了，一直睡到大天亮。

“他对自己说：‘我今天在园子里一定多快活啊，’他马上就去工作了。

“然而他还是永远不能够照料他的花，因为他的朋友磨面师仍旧常常跑来麻烦他，派他去出长差，不然就叫他到磨坊里去帮忙。小汉斯有时也很痛苦，他害怕他的花会以为他已经忘记了它们，不过他还用这样的一个想法来安慰自己，就是，磨面师是他最好的朋友。他常常对自己说：‘况且他就要把他的小车给我，那完全是一种慷慨的行为。’

“小汉斯就这样不断地替磨面师做事，磨面师也不断地对他讲起种种关于友谊的美丽的事情，汉斯把那些话全记在一本笔记本上，晚上常常拿出来读，因为他是一个非常好学的人。

“有一天晚上小汉斯正坐在家里烤火，忽然听见响亮的敲门声。这个夜里天气很坏，风一直在房屋四周怒吼，狂吹，他起初还以为这只是风暴声。可是第二下敲门声又响起来了，随后又是第三下，比前两下声音更大。

“小汉斯对自己说：‘这是一个穷苦的出门人，’他便跑去开门。

“门前站着磨面师，一只手提一个灯笼，另一只手拿一根手杖。

“磨面师看见他，便叫起来：‘亲爱的小汉斯，我碰到很不幸的事情了。我的小儿子从梯子上跌下来受了伤，我现在去请医生。可是医生住在很远的地方，今晚上天气又是这么坏，我刚才忽然想起，要是你替我跑一趟，那倒好得多。你知道我就要把我的小车给你，所以你应该替我做点事情来报答，这是很公平的。’

“小汉斯大声说：‘当然啊，你跑来找我，我觉得非常荣幸，我马上就动身。不过你得把你的灯笼借给我，因为夜里黑得很，我害怕我会跌到沟里去。’

“磨面师却答道：‘对不起，这是我的新灯笼，要是它出了毛病，对我是一个不小的损失。’

“小汉斯大声说：‘好，不要紧，我不用它了，’他把他那件宽大的皮衣和那顶暖和的红色便帽取下来穿戴好，又缠了一根围巾在颈项上，便动身了。

“这真是一个可怕的夜！天很黑，小汉斯伸手看不见自己的指头，风刮得很厉害，他几乎站不稳了。可是他非常勇敢，他大约走了三个钟头以后，居然走到了医生的家，他敲着门。

“‘谁呀？’医生从他寝室的窗里伸出头来，大声问道。

“他说：‘医生，我是小汉斯。’

“医生又问：‘小汉斯，你来做什么？’

“他答道：‘磨面师的儿子从梯子上跌下来受了伤，磨面师要你马上

就去。’

“医生说：‘很好，’他便叫人备马，又穿好靴子，拿了灯笼，走下楼来，骑着马，朝着磨面师家的方向走去，小汉斯吃力地跟在马后。

“可是风暴越来越厉害，雨下得像河流一样，小汉斯看不清路，也赶不上马了。后来他迷了道，就在一片沼地上面转来转去，那是一块很危险的地方，因为到处都是很深的洞穴，可怜的小汉斯就淹死在这儿了。第二天他的尸首被几个牧羊人找到了，正浮在一个大池塘的水面上，他们把他抬回他的茅屋里去。

“小汉斯下葬的时候，大家都去参加，因为他平日很得人心，丧主便是磨面师。

“磨面师说：‘我既然是他最好的朋友，那么理应由我占最好的地位，’所以他便走在行列的最前头，穿一件黑色长袍，时时用一块大的手帕揩眼睛。

“葬礼完毕，送葬的人都舒舒服服地坐在客栈里面，喝香料酒，吃甜点心，铁匠忽然说：‘小汉斯的死对每个人的确都是一个大损失。’

“磨面师答道：‘无论如何对我是个大损失，我差不多已经把我的小车给他了，我现在真不知道拿它来做什么好。它放在我家里对我很不方便，它破烂得没有办法，我又不能拿它卖钱。我以后一定要当心不再把任何东西送人，人常常吃慷慨的亏。’”

“又怎样呢？”过了好一忽儿河鼠说。

“怎样，我的故事讲完啦，”梅花雀说。

“可是磨面师的结果怎样呢？”河鼠问道。

“啊！老实说我并不知道，”梅花雀答道，“我相信我不会关心这个。”

“显然你天性里面并没有同情，”河鼠说。

“我害怕你还不大明白这个故事里面含的教训，”梅花雀说。

“你说什么？”河鼠嚷道。

“教训。”

“你是说这个故事里面有一种教训吗？”

“当然啊，”梅花雀说。

“好吧，”河鼠很生气地说，“我觉得你讲故事以前，就应当先告诉我那个。要是你那样做了，我一定不会听你的；说实在话，我应当像批评家那样说一声‘呸’。不过我现在还可以说。”所以他拼命地叫出了一声‘呸’，又拿尾巴扫了一下，便回到他的洞里去了。

“你喜不喜欢河鼠？”过了几分钟母鸭用脚拍着水浮上水面来了，她向梅花雀问道。“他有很多的优点，不过拿我来说，我有一般的母亲的情感，看见决心不结婚的人，总要掉眼泪的。”

“我害怕我把他得罪了，”梅花雀说。“因为我对他讲了一个带教训的故事。”

“啊哟！这倒常常是一件很危险的事。”母鸭说。

我完全同意她的话。

了不起的火箭

国王的儿子要结婚了，国内准备着普遍的庆祝，王子等他的新娘整整等了一年，后来她毕竟来了。她是一位俄国公主，坐着六匹驯鹿拉的雪车从芬兰一路赶来的。雪车的形状很像一只金色大天鹅，小公主就坐在天鹅的两只翅膀中间。她那件银鼠皮的长外套一直盖到她的脚，她头上戴了一顶银线小帽，她的脸色苍白得就像她平时住的雪宫的颜色。她是那么苍白，所以她的雪车经过街中的时候，百姓们都感到惊奇。“她像一朵白蔷薇！”他们嚷道，他们从露台上朝着她丢下花来。

王子在宫城门口等着迎接她。他有一对爱梦想的青紫色眼睛，和纯金一般的头发。他看见她来，便跪下一只腿，吻她的手。

“你的照相很美，”他喃喃地说，“可是你本人比照相还要美，”小公主脸红起来。

“她先前像一朵白蔷薇，可是现在她像一朵红蔷薇了，”一个年轻的侍从对他的朋友说，整个宫里的人听见了都很高兴。

这以后的三天里面人人都说着：“白蔷薇，红蔷薇，红蔷薇，白蔷薇。”国王便下令把那个侍从的薪金增加一倍。其实他根本就没有薪金，加薪的命令对他并没有什么用处，不过这是一种大的荣誉，并且照例地在《宫报》上公布了。

过了这三天，婚礼便举行了。这是一个隆重的仪式，一对新人在一幅绣着小珍珠的紫天鹅绒华盖下面手拉手地走着。随后又举行盛大的宴会，一共继续了五个钟头。王子同公主坐在大殿的首位，用一个透明的水晶杯子喝酒。据说只有真诚的爱人才能够用这个杯子喝酒，要是虚假的爱情的嘴唇一挨到杯子，杯子马上就会变成灰暗无光而混浊了。

“他们分明互相爱着，就跟水晶一样地洁白！”那个小侍从又说，国王第二次下令给他加薪。“多大的光荣啊！”朝臣们全这样地嚷着。

大宴后又举行跳舞会。新娘和新郎应当一块儿跳蔷薇舞，国王答应吹笛子。他吹得很坏，可是没有人敢当面对他说，因为他是国王。事实上他只知道两个调子，并且他从来就不能确定他吹的是哪个调子，可是这也没有什么关系，因为不管他吹什么，大家都一样高声叫起来：“好极了！好极了！”

秩序单上最后一个节目是大放烟火，燃放的时间规定在当天的午夜。小公主一辈子没有见过烟火，因此国王下令在她结婚那一天要皇家花炮手到场伺候。

“烟火是什么样子？”小公主有天早晨在露台上散步的时候，这样问过王子。

“它们就像极光，”国王说，他素来喜欢插嘴替别人回答问话，“不过它们更自然得多。拿我自己来说，我喜欢它们，不喜欢星星，因为你永远知道它们什么时候要出现，它们跟我自己吹笛子一样地有趣味。你一定得看看它们。”

在御花园的尽头已经搭起了一座高台，等着皇家花炮手把一切安排好以后，烟火们就交谈起来。

“世界的确很美，”一个小爆竹大声说。“你只看看那些黄色的郁金香，嘿！假使它们是真的炮仗，它们也不会比现在更好看的。我很高兴我旅行过了。旅行很能增长见识，并且会消除一个人的一切成见。”

“国王的花园并不是世界啊，你这傻爆竹，”一个大的罗马花筒说；“世界是个很大的地方，你要看遍世界，得花三天的功夫。”

“不论什么地方，只要你爱它，它就是你的世界，”一个多思虑的轮转炮嚷道，她年轻时候爱过一个旧的杉木匣子，常常以她的失恋自夸，“不过爱情不再是时髦的了，它已经给诗人们杀死了。他们写了那么多谈爱情的东西，弄得没有人相信了，我觉得这是毫不足怪的。真的爱情是痛苦的，而且还是沉默的。我记得我自己从前——可是现在没有什么关系了。罗曼司是过时的东西了。”

“胡说！”罗马花筒说，“罗曼司是永不会死的。它就跟月亮一样，永远活着。例如，新娘和新郎就是那么热烈地互相爱着。今早晨有个棕色纸做的火药筒把他们的事情详细地对我说了，他知道最近的宫廷新闻，他刚巧跟我同住在一个抽屉里头。”

可是轮转炮摇着头，喃喃说：“罗曼司已经死了，罗曼司已经死了，罗曼司已经死了。”她是这样一种人，她认为，要是你把一件事情翻来覆去地说许多次，到头来假的事情也会变成真的了。

突然听见一声尖的干咳，他们都掉头朝四面张望。

咳嗽的是一个高高的、样子傲慢的火箭，他给绑在一根长棍子的头上。他每次要说话，总得先咳一两声嗽，来引起人们注意。

“啊哼！啊哼！”他说，大家都侧耳静听，只有那个可怜的轮转炮仍旧摇着她的头喃喃说：“罗曼司已经死了。”

“守秩序！守秩序！”一个炮仗叫起来。他是政客一流的人物，在地方选举里面他总是很出风头，所以他会使用议会里的习惯用语。

“死绝了，”轮转炮低声说，她去睡了。

等着四周完全静下来的时候，火箭又第三次咳嗽而且说起话来了。他说话声音很慢，而且很清楚，好像他在读他的论文让人记录似的，他从不正眼看听话的人。他的确有一副堂堂的仪表。

“国王的儿子运气多好，”他说，“他的婚期就定在我燃放的那天。真的，即或这是预先安排好了的，对他也不能够再有更好的结果了；不过王子们总是很幸运的。”

“啊，奇怪！”小爆竹说，“我的想法完全相反，我以为我们是燃放来恭贺王子的。”

“对你们可能是这样，”他答道，“的确，我相信是这样，可是对我情形就两样了，我是一个很了不起的火箭，我出身在一个了不起的人家。我母亲是她那个时代最著名的轮转炮，她以舞姿优美出名。每当她公开登场的时候，她总要旋转十九次才出去。她每转一次就要抛出七颗粉红色的星到空中去。她的直径有三英尺半，她是用最好的火药做成的。我的父亲跟我一样是火箭，他生在法国。他飞得那么高，人都以为他不会再下来了。然而他还是下来了，因为他心地很好，并且他变作一阵金雨非常光辉堂皇地落下来。报纸上用了非常恭维的字句记载他的表演。的确，《宫报》上称他为化炮术的一大成功。”

“花炮，你是说花炮吧，”旁边一个蓝色烟火说，“我知道是花炮，因为我看见我自己的匣子上写得有这样的字。”

“唔，我说‘化炮’，”火箭用了庄严的声调说，蓝色烟火觉得自己给火箭压倒了，心里不舒服，马上就去欺侮旁边那些小爆竹，为的表示他仍旧是一个有点重要的人。

“我在说，”火箭继续说下去，“我在说——我在说什么呢？”

“你在讲你自己，”罗马花筒答道。

“不错；我知道我正在讨论一个有趣味的题目就让人很无礼地打岔了。我讨厌一切粗鲁无礼的举动，因为我非常敏感。全世界上没有一个人像我这样敏感的，我十分相信。”

“什么是一个敏感的人？”炮仗问罗马花筒道。

“一个人因为自己生鸡眼，就老是去踏别人的脚指头，他就是敏感的人，”罗马花筒低声答道；炮仗差不多要笑破肚皮了。

“请问你笑什么？”火箭问道，“我并不在笑。”

“我笑，因为我高兴，”炮仗答道。

“这个理由太自私了，”火箭生气地说。“你有什么权利高兴？你得想到别人。事实上你得想到我。我常常想到我自己，我希望每个别的人都想到我。这就是所谓同情。这是一个美丽的德性，我倒有很多很多。譬如，假设今晚上我出了什么事，那么对每个人都会是多大的不幸！王子和公主永远不会再高兴了，他们整个的结婚生活都给毁了，至于国王呢，我知道他一定受不了这个。真的，我一想起我自己地位的重要来，我差不多感动得流眼泪了。”

“要是你想使别人快乐。你最好不要流眼泪弄湿你的身子，”罗马花筒大声说。

“的确，”蓝色烟火现在兴致好多了，他接嘴嚷道，“这只是极普通的常识。”

“不错，常识！”火箭愤怒地说，“你忘了我是很不寻常，很了不起的。唔，不论谁，只要是没有想象力的人，就可以有常识。可是我有想象力，因为我从不照着事物的真相去想它们；我老是把它们当作完全不同的东西来想。至于说不要流眼泪，很明显，这里没有一个人能够欣赏多情善感的天性的。幸而我自己并不介意。只有想着任何人都比我差得很多，只有靠着这个念头，一个人才能够活下去，我平日培养的就是这样一种感觉。你们全是没有心肠的。你只顾在笑，开玩笑，好像王子同公主刚才并没有结婚似的。”

“嗯，不错，”一个小火球嚷道，“为什么不可以呢？这是桩大喜事，我飞到天空里的时候，我要把这一切对星星详说。我跟它们讲起美丽的公主的时候，你会看见它们眼睛发亮。”

“啊！多么平凡的人生观！”火箭说，“不过这正如我所料。你心里什么都没有；你是空空洞洞的。就说，也许王子同公主会住在一个有河的地方，那是一条很深的河，也许他们会有一个独生子，那个小孩就跟王子一样有一头金发和一对青紫色的眼睛；也许有一天他会跟他的保姆一块儿出去散步；也许保姆会在一棵大的接骨木树下睡着了，也许小孩会跌进那条深的河里淹死了。多么可怕的灾祸！可怜的人，他们要失掉他们的独生子了！的确太骇人了！我永远忘不了它。”

“可是他们并没有失掉他们的独生子呢，”罗马花筒说，“他们根本就没有遇到什么灾祸。”

“我并没有说他们已经失掉了他们的独生子，”火箭答道，“我是说他们可能失掉。要是他们已经失掉了他们的独生子，那还用得着我来多讲。我就恨那班事后追悔的人。可是一想到他们可能失掉他们的独生子，我就非常难过。”

“虚伪[①]？你的确是的！”蓝色烟火大声说。“你实在是我所见过的最虚伪的人。”

“你是我所见过的最无礼的人，”火箭说，“你不能了解我跟王子的友情。”

“唔？你连他都不认识呢，”罗马花筒吼道。

“我从来没有说过我认识他，”火箭回答道。“我敢说，要是我认识他，我就不会做他的朋友了。要认识自己的朋友，那是一件很危险的事。”

“的确你还是不要流眼泪好，”火球说，“这倒是要紧的事。”

“我相信，对你倒是很要紧的，”火箭答道，“但是我要哭就哭，”他真的流出了眼泪来，泪水像雨点似地流下他的棍子，两个小甲虫正打算一块儿安家，要找一块干燥的地方住进去，差一点被这泪水淹死了。

---

① 原文 affect 一个字两个意思，蓝色烟火故意把“难过”解释作“虚伪”。

“他一定有一种真正浪漫的天性，”轮转炮说，“因为并没有一点值得哭的事情，他会哭得那么伤心。”她发出一声长叹，又想起了杉木匣子来了。

可是罗马花筒和蓝色烟火非常不高兴，他们不停地大声叫着：“骗人！骗人！”他们素来是很实际的，无论什么，只要是他们不赞成的，他们就说是“骗人”。

明月像一面很出色的银盾似的升了起来，星星开始闪光，从宫中传出来乐声。

王子同公主这对新人开舞。他们跳得非常美，连那些亭亭玉立的白莲花也靠窗偷看他们的舞姿，大朵的红罂粟花不住地点他们的头，敲拍子。

十点钟敲了，十一点钟敲了，现在敲十二点钟，十二点的最后一下刚敲过，所有的人都走到露台上来，国王便派人叫来皇家花炮手。

“放烟火吧，”国王吩咐道；皇家花炮手深深地一鞠躬，便走下露台，到花园的尽头去。他带了六个随从人员，每人拿一根竹竿，竿头绑了一段点燃的火把。

这的确是一个壮观的场面。

呼呼！呼呼！轮转炮走了，她一路旋转着。轰隆！轰隆！罗马花筒走了。然后爆竹们到处跳舞，蓝色烟火使得每样东西都带着深红色。“再见，”火球嚷着就飞向天空去，撒下了不少蓝色小火星来，砰！砰！炮仗们响应道，他们非常快活。每个都很成功，就除了那个了不起的火箭。他哭得一身都湿透了，他完全不能燃放了。他身上最好的东西便是火药，火药被眼泪浸湿，哪里还有什么用处。所有他的穷亲戚们，他平日间不屑对他们讲话，偶尔讲一两句话总要带一声冷笑，现在他们都飞上天空去了，就像一些开放火红花朵的出色的金花。“好呀！好呀！”宫里的人全叫起来；小公主高兴地笑了。

“我想，他们一定把我留到举行大典的时候用，”火箭说，“一定就是这个意思，”他做出比以前更傲慢的样子。

第二天工人们来收拾园子。“这明明是个代表团，”火箭说，“我要带着相当的尊严来接见他们，”所以他摆出昂然得意的神气，庄严地皱起眉头来，好像在思索一个很重要的问题似的。可是他们一点也不注意他。他们正要走开，忽然其中一个人看见了他。“喂，”那个人大声说，“一个多么坏的火箭！”便把他丢到墙外，落进阴沟里去了。

“坏火箭，坏火箭？”他在空中旋转翻过墙头的时候一面自言自语，“不可能！大火箭，那个人是这样说的。‘坏’和‘大’，说起来声音简直是一样，的确常常是一样的，”他落进烂泥里去了。

“这儿并不舒服，”他说，“不过这一定是个时髦的矿泉浴场，他们送我来休养，让我恢复健康的。我的神经的确受了很大的损害，我需要休息。”

随后一只小蛙(他有一对嵌宝石的发光的眼睛和一件绿色斑点的上衣)向着火箭泅水过来了。

“原来是个新来的！”蛙说。“啊，毕竟再也找不出像烂泥那样好的东西。我只要有落雨天和一条沟，我就很幸福了。你看下午会落雨吗？我倒真希望落雨，可是天很蓝，一片云也没有。多可惜！”

“啊哼！啊哼！”火箭说，他咳起嗽来。

“你的声音多有趣！”蛙大声说。“真的它很像蛙叫，蛙叫自然是世界上最富音乐性的声音。今晚上我们有个合唱会，你可以听听。我们在农人房屋旁边那个老鸭池里面，等到月亮一升起来，我们就开始。这实在好听极了，每个人都睁着眼躺在床上听我们唱，事实上我昨天还听见农人妻子对她母亲说，她因为我们的缘故，夜里一点儿也睡不好觉。看见自己这么受欢迎，的确是一件最快活的事。”

“啊哼！啊哼！”火箭生气地说。他看见自己连一句话也插不进去，非常不高兴。

“的确，悦耳的声音，”蛙继续说，“我希望你会到鸭池那边来。我现在去找我的女儿。我有六个漂亮的女儿，我很怕梭鱼会碰到她们。他真是个怪物，他会毫不迟疑地拿她们当早饭吃。好吧，再见；说真话，我们这番谈话使我满意极了。”

“谈话，不错！”火箭说。“完全是你一个人在讲话。这并不是谈话。”

“总得有人听，”蛙说，“我就喜欢我自己一个人讲话。这节省时间，并且免掉争论。”

“可是我喜欢争论，”火箭说。

“我不希望这样，”蛙得意地说。“争论太粗野了，因为在好的社会里，大家的意见都是一样的。再说一次，再见吧；我看见我的女儿们在远处了，”小蛙便泅着水走开了。

“你是个很讨厌的人，”火箭说，“教养很差。我就恨你们这一类人：像我这样，人家明明想讲讲自己，你却喋喋不休地拼命讲你的事。这就是我所谓的自私，自私是最叫人讨厌的，尤其是对于像我这样的人，因为我是以富有同情心出名的。事实上你应当学学我，你的确不能再找一个更好的榜样了。你既然有这个机会，就得好好地利用它，因为我差一点儿马上就要回到宫里去了。我是宫里很得宠的人；事实上昨天王子和公主就为了祝贺我而举行婚礼。自然你对这些事一点儿也不会知道，因为你是一个乡下人。”

“你跟他讲话，没有什么好处，”一只蜻蜓接嘴说，他正坐在一棵大的棕色菖蒲的顶上，“完全没有好处，因为他已经走开了。”

“那么这是他的损失，并不是我的，”火箭答道。“我并不单单因为他不注意听我就不跟他讲下去。我喜欢听我自己讲话。这是我一个最大的快乐。我常常独自一个谈很久的话，我太聪明啦，有时候我讲的话我自己一句也不懂。”

“那么你的确应当去讲哲学，”蜻蜓说，他展开一对可爱的纱翼飞到天空去了。

“他不留在这儿多傻！”火箭说。“我相信他并不常有这种进修的机会。不过我倒一点儿也不在乎。像我这样的天才总有一天会给人赏识的，”他在烂泥里又陷进去一点儿。

过了一忽儿一只大白鸭向他游了过来。她有一对黄腿和一双蹼脚，而且因为她走路摇摆的姿势被人当作一个绝世美人。

“嘎，嘎，嘎，”她说。“你形状多古怪！我可以问一句，你是生下来这样的，还是遇到什么意外事弄成这样的？”

“很显然你是一直住在乡下，”火箭答道，“不然你一定知道我是谁。不过我原谅你的无知。要想别人跟我自己一样了不起，未免不公平。要是我告诉你我能够飞到天空中去，再落着一大股金雨下来，你一定会吃惊的。”

“我并不看重这个，”鸭子说，“因为我看不出它对什么人有益处。要是你能够像牛一样地耕田，像马一样地拉车，像守羊狗一样地看羊，那才算一回事。”

“我的好人啊，”火箭用了很傲慢的声调嚷道，“我现在明白你是下等人了。像我这样身份的人永远不会有用处。我们有一点才学，那就很够了。我对任何一种勤劳都没有好感，尤其对你好像在称赞的那些勤劳我更不赞成。的确我始终认为苦工不过是这班无事可做的人的退路。”

“好的，好的，”鸭子说，她素来性情平和，从不同任何人争吵，

“各人有各人的趣味。我想，无论如何，你要在这儿住下来吧。”

“啊，不会，”火箭大声说，“我只是一位客人，一位尊贵的客人。事实是我觉得这个地方有点讨厌。这儿既无交际，又不安静，事实上，这本来就是郊外。我大概要回到宫里去，因为我知道我是命中注定要轰动世界的。”

“我自己从前也曾想过服务社会，”鸭子说，“社会上需要改革的事情太多了，前不久我做过一次会议的主席，我们通过决议反对一切我们所不喜欢的东西。然而那些决议好像并没有多大的效果。现在我专心料理家事，照管我的家庭。”

“我是生来做大事的，”火箭说，“我所有的亲戚全是这样，连那些最卑贱的也是一样的。不管什么时候，只要我们一出场，我们就引起广大的注意。实在说我自己还没有出场，不过等我出场，那一定是一个壮观。至于家事，它会使人老得更快，使人分心，忘掉更高尚的事。”

“呀！人生更高尚的事，它们多么好啊！”鸭子说，“这使我想起来我多么饿，”她向着下流泅水走了，一路上还说着：“嘎，嘎，嘎。”

“回来！回来！”火箭用力叫道，“我有许多话跟你说，”可是鸭子并不理他。“我倒高兴她走了，”他对自己说，“她的心思实在太平凡了，”他在烂泥里又陷得更深一点，他想起天才的寂寞来，忽然有两个穿白色粗外衣的小男孩提着水壶抱着柴块跑到岸边来。

“这一定是代表团了，”火箭说，他极力做出庄严的样子。

“喂！”一个孩子嚷道，“看这根旧棍子！我不明白它怎么会到这儿来；”他把火箭从沟里拾起。

“旧棍子！”火箭说，“不可能！金棍子，他说的就是这个，金棍子，金杖，这是很有礼貌的话。事实上他把我错认做朝中大官了！”

“我们把它放进火里去吧！”另一个孩子说，“它会帮忙把水烧开的。”

他们便把柴堆在一块儿，再将火箭放在顶上，燃起火来。

“这可了不得，”火箭嚷道，“他们要在青天白日里燃放我，让每个人都看得见。”

“我们现在要睡觉了，”孩子们说，“等我们醒来，水就会烧开了。”他们便在草地上躺下来，闭上了眼睛。

火箭很潮湿，所以过了许久才燃得起来。最后他终于着火了。

“现在我要燃放了！”他嚷道，他把身子挺得很直、很硬。“我知道我要飞得比星星更高，比月亮更高，比太阳更高。事实上我要飞得那么高——”

嘶嘶！嘶嘶！嘶嘶！他一直升到天空中去了。“真有趣！”他叫道，“我要像这样飞个不停。我多么成功！”

可是没有一个人看见他。

这时他觉得全身起了一种奇怪的刺痛的感觉。

“现在我要爆炸了，”他嚷起来。“我要轰动全世界，我要那么出风头，使得以后一年里面没有一个人再谈论别的事情。”他的确爆炸了。砰！砰！砰！火药燃了。那是毫无可疑的。

可是没有人听见他，连那两个小孩也没有，因为他们睡熟了。

现在他就只剩下棍子了，这根棍子落在一只正在沟边散步的鹅背上。

“天呀！”鹅叫起来。“要落棍子雨了。”她便跳进水里去。

“我知道我要大出风头的。”火箭喘息地说，他灭了。

石榴之家

献　给

康斯坦丝·玛丽·王尔德[1]

① 王尔德的夫人。

少年国王

在加冕日前一天晚上，少年国王一个人坐在他那漂亮的房间里。他的朝臣们都按照当时的规矩鞠躬到地行了礼，退出去，到宫内大殿中，向礼仪先生再学几遍宫廷礼节，因为他们中间有几位还不谙熟朝礼，朝臣而不熟悉朝礼，不用说，这是大不敬的事。

这个孩子(因为他还只是一个孩子，今年才十六岁)看见他们全走开了并不觉得难过，他畅快地吐出一口长气，把身子往后一靠，靠在他那绣花长椅的软垫上，他躺在那儿，睁大眼睛张着嘴，活像一位褐色的森林的牧神，或者一只刚被猎人捉住的小野兽。

的确是猎人把他找到的，他们差不多偶然地碰到了他，那时候他光着脚，手里拿着笛子，正跟在那个把他养大的穷牧羊人的羊群后面，他始终认为自己是那个人的儿子。其实他的母亲是老王的独养女儿，她偷偷地跟一个地位比她差得多的男人结了婚生下他来。(有人说那个男人是一个外地人，会一种很出色的吹笛的魔术，叫年轻的公主爱上了他；又有人说，那是一个里米尼①的美术家，公主很看重他，也许太看重他了，后来他突然离开了这个地方，连大礼拜堂的壁画都没有完成。)孩子出世只有一个星期，在他母亲睡着的时候，就让人把他从她身边偷走了，交给一对普通的农家夫妇去照管。这对夫妇自己没有孩子，住在远僻的树林里，从城里骑马去，有一天多的路。生他的那个颜色苍白的少女醒过来不到一个钟头就死了，她究竟是让悲哀杀死的呢，还是像御医所宣布的，染了时疫死去，抑或照某一些人隐隐约约地说的，喝了放在香料酒里的意大利急性毒药致死呢，这就没有人知道了。一个忠心的公差骑着马把孩子搭在鞍鞒上带着走，在他从倦马上弯下身子去叩牧人茅屋的门的时候，公主的尸体正让人放进一个开着的墓穴，这个墓穴是在城外一个荒凉的坟地里面，据说墓穴里还有一具尸首，是一个非常漂亮的外国男子，他双手被绳子反缚在背后，胸膛上满是带血的伤痕。

至少人们偷偷地互相传述的故事就是这样的内容。有一件事倒是确实的：老王临死的时候，不知是因为忏悔自己的大罪过，还是单单为了不让他的国土从他的嫡系落到别人的手里，他差人去把那个孩子找了来，并且当着内阁大臣们的面承认孩子是他的继承人。

孩子刚刚被指定作继承人以后，好像立刻就表现出那种奇怪的爱美的热情来，这热情注定了对他的一生有非常大的影响。那些把他送到给他预备好的房间去的人常常讲起，他看见留给他穿戴的华美衣服和贵重珠宝，就发出了快乐的叫声，并且他又是多么高兴地脱下他身上穿的粗皮衣和粗羊皮外套。有时候他的确也想念他从前那种悠游自在的山林生活，繁重的宫廷礼节占去了他一天那么多的时间，这常常使他感到厌烦，可是这座富丽堂皇的宫殿（人们称它作“欢乐宫”，他现在是它的主人了），对他仿佛是一个为了满足他的快乐刚造出来的新世界；只要他能够从会议席上或引见室里逃出来，他总是立刻跑下那道装饰着镀金的铜狮和亮云斑石级的大楼梯，从一间屋子走到另一间屋子，从一条走廊走到另一条走廊，好像一个人要在美里面找出一副止痛的药，一种治病的仙方似的。

他把这称为探险旅行，事实上在他看来这真是漫游奇境，有时候还有几个披着斗篷垂着漂亮的飘带的金发长身的内侍陪伴他；不过在更多的时候，他总是一个人，他从一种差不多等于先知预见的敏捷的本能上觉得艺术的秘密最好在暗中求得，美同智慧一样，都喜欢孤寂的崇

---

① 里米尼，意大利的海港。

拜者。

在这个时期中流传着不少关于他的古怪的故事。据说有位胖胖的市长代表全城市民来说一大篇堂皇的效忠的话，曾经看见他非常恭敬地跪在一幅刚从威尼斯送来的画面前，那幅大画好像有崇拜新神的意思。又有一次他失踪了几个钟头，人们到处找寻，后来才在宫内北部小塔中一个小房间里找到了他，他正在出神地望着一块雕刻着阿多尼斯像的希腊宝石。又传说，有人看见他拿他的暖热的嘴唇去吻一座大理石古雕像的前额，那座石像是人们修建石桥的时候在河床中挖出来的，像上还刻着哈得良的俾斯尼亚①奴隶②的名字。他还花了整夜的功夫去观察月光照在一座恩狄米昂③的银像上是怎样的景象。

凡是稀有的和值钱的东西对他的确都有很大的魔力，他非常迫切地想得到这些东西，便派了许多商人出去，有的去向北海的渔民买琥珀，有的到埃及去找寻只有在帝王陵墓中才找得到的神奇的绿玉，据说那种绿玉具有魔术的效力，有的去波斯收集丝绒的毡毯和着色的陶器，还有一些人便到印度去买轻纱和染色的象牙，月长石和翡翠手镯，檀香，蓝色珐琅器和细毛披肩。

可是最费他心思的却是他在加冕时候穿的袍子，那件金线织的袍子，那顶嵌满红宝石的王冠和那根垂着珍珠串的节杖。的确他今晚靠在豪华的长沙发椅上望着大段的松柴在壁炉中渐渐烧尽的时候，心里所想的正是这个。它们都是由当时最出名的美术家设计的，图样在许多个月前就进呈给他看过了，他还下过命令要工匠们不分昼夜地赶工，照图样

---

①俾斯尼亚，古国名，在小亚细亚北部。

②即美少年安提诺乌斯，他为着报答哈得良的爱，自愿投水祭神。后来哈得良立庙供他。

③恩狄米昂，月神塞勒涅钟爱的美少年。

做出来，并且要人到处去搜求那些配得上他们的手艺的珠宝，就是找遍全世界他也不在乎。他在想象中看见他自己穿着华贵的王袍站在大礼拜堂中高高的祭坛上，他的孩子的嘴唇上现出了微笑，他那双深黑的森林人的眼睛也灿烂地发光了。

过了一忽儿他站起来，身子靠着壁炉的雕花庇檐，把这间灯光阴暗的屋子四处望了一下。墙上挂着表现美的胜利的华贵壁衣。一个嵌镶玛瑙和琉璃的大橱把一个角落填满了，面对窗户立着一个非常精巧的柜子，它那些漆格子都是洒着金粉和镶金的，上面放了几个精致的威尼斯玻璃酒杯和一个黑纹玛瑙的杯子。绸子床单上绣着浅色的罂粟花，它们像是从睡着的倦手里掉下来的；有凹槽的长象牙柱撑起天鹅绒的华盖，大簇的鸵鸟毛像白泡沫似地从那里伸向天花板上的灰白色银浮雕。一个青铜的那喀索斯满脸笑容，两手伸出头上，高高地捧着一面光亮的镜子。桌上放了一个紫水晶盆。

窗外，现出礼拜堂的大圆顶，像一个大气泡，隐约地露在一大片阴暗的房屋上面，疲乏的哨兵在夜雾笼罩的河边台地上踱来踱去。远远地在一座果树园里有一只夜莺在唱歌。素馨花的淡香从开着的窗送进来。他把他的棕色鬈发从前额向后掠回去，然后拿起一只琵琶，信手漫弹着。他的沉重的眼皮往下垂，他感到一种奇怪的倦意。他从没有像这样强烈地或者像这么快乐地感觉到美的东西的魔力与神秘。

钟楼敲午夜钟的时候，他打一下铃，内侍们进来了，他们按照繁重的礼节给他脱去衣服，在他手上洒了玫瑰香水，又在他的枕头上撒了些鲜花。他们退去后不多久，他就睡着了。

他睡着了，做了一个梦，他的梦是这样的：

他觉得自己站在一间又长又矮的顶楼里面，周围是许多织布机的旋转声和拍击声。微弱的阳光从格子窗外射进来，给他照出俯在织架上面的织工们的憔悴的身形。一些带病容的苍白的小孩蹲在大的横梁上。梭子急急穿过经线的时候，他们便把沉重的夹板拿起，梭子一停下来，他们又放下夹板，把线压在一起。他们的脸上带着被饥饿蹂躏的痕迹，他们的手不住地震摇、颤抖。几个瘦弱的妇人坐在一张桌子前面缝纫。这个地方充满了可怕的臭气。空气不干净，又气闷，墙壁潮湿，还在滴水。

少年国王走到一个织工的面前，站在他身边，望着他工作。

那个织工带怒地看他，说道："你为什么守着我？你是不是我们主人派来侦查我们的侦探？"

"你们的主人是谁？"少年国王问道。

"我们的主人！"那个织工痛苦地大声说。"他是一个跟我一样的人。的确我跟他中间就只有这一个小小的区别——他穿漂亮衣服，我却总是穿破衣裳，我饿坏了身体，他却饱得不舒服。"

"这是一个自由国家，"少年国王说，"你不是任何人的奴隶。"

"打仗的时候，强者强迫弱者做奴隶，"织工答道，"和平的时候，有钱人强迫穷人做奴隶。我们不得不做工来养活自己，可是他们只给我们那样少的工钱，我们简直活不了。我们整天给他们做苦工，他们箱子里金子装满了，我们的儿女不到成年就夭折了，我们所爱的人的脸色也变得凶恶难看了。我们的脚踏出了葡萄汁，却让别人来喝葡萄酒。我们种了谷子，我们的饭桌却是空的。我们都戴着链子，虽然链子是肉眼看不见的；我们都是奴隶，不管人们说我们怎样自由。"

"所有的人都是这样的吗？"国王问道。

"所有的人都是这样，"织工答道，"不论是年轻人或是老年人，不论是女或是男，不论是小孩或是老头儿都是一样。商人剥削我们，我们只好听他们的话，教士骑着马从我们身边走过，只顾数他的念珠，并没有人关心我们。贫穷张着一双饥饿的眼睛溜过我们那些见不到阳光的小巷，它后面紧紧跟着那个酒糟面孔的罪恶。早晨来唤醒我们的是惨苦，晚上跟我们待在一块儿的是耻辱。不过这些事跟你有什么相干？你不是我们一伙的人。看你这张脸，你太快乐了。”他不高兴地掉开头，把梭子投过织机，少年国王看见梭子上面系的是金线。

他大吃一惊，便问织工道：“你织的是什么袍子？”

“这是小王加冕时穿的袍子，”他答道，“它跟你有什么相干？”

少年国王大叫一声，便醒过来了。啊！他是在他自己的屋子里面，穿过窗户他看见蜜色的大月亮挂在朦胧的天空。

他又睡着了，做梦了，他的梦是这样的：

他觉得自己躺在一只大船的甲板上，一百个奴隶正在给这只船荡桨。船长就坐在他旁边一幅毯子上。这个人黑得像乌木，包着一张红绸头巾。厚厚的耳朵肉上垂着一对大的银耳坠，他手里拿着象牙的天平。

奴隶们除了一块破烂的腰布外，全身再没有穿别的；每个人都和他的邻人锁在一块儿。炎热的太阳直射到他们身上，一些黑人在过道上跑来跑去，拿皮鞭乱打他们。他们伸出干瘦的膀子扳动沉重的桨。咸水从桨上溅起来。

最后他们到了一个小小的海湾，开始测量水深。从岸上吹来一阵微风，给甲板和大三角帆都罩上一层细细的红沙。三个阿拉伯人骑着野驴跑近，把长枪对着他们投过来。船长拿起一只画弓，一箭射在一个阿拉伯人的咽喉上。那个人重甸甸地跌进岸边的激浪中去，他那两个同伴骑着驴飞跑开了。一个蒙黄面纱的女人骑着一匹骆驼，慢慢地跟在后面，她不时回过头来看那死尸。

黑人们抛了锚、收了帆以后，马上就走进底舱去，拿出一架长的绳梯来，梯上缚了铅，增加不少梯身的重量。船长将绳梯丢进海里，只把梯头拴在两根铁柱上面。随后黑人们抓住一个年纪最轻的奴隶，敲去他的脚镣，在他鼻孔和耳朵孔里涂满蜡，还在他的腰间缚上一块大石头。他疲倦地爬下绳梯，隐在海水里去了。在他沉下去的地方，水面上浮起了几个气泡。有几个奴隶好奇地望着海面。一个赶鲨鱼的人坐在船头，单调地击着鼓。

过了一忽儿，潜水人升到水面上来了，他喘着气，左手抓紧梯子，右手拿着一颗珍珠。黑人们从他手里抢过珍珠来，又把他丢进海里去。奴隶们俯在桨上睡着了。

他又上来好几次，每次他上来的时候，他都带来一颗美丽的珍珠。船长把珍珠一一地称过，全放在一只绿皮小袋里面。

少年国王想说话，可是他的舌头好像粘在他的上腭上面，他的嘴唇也不会动了。黑人们不停地谈话，他们为了一串亮珠子吵起来。两只白鹤绕着船飞来飞去。

潜水人最后一次浮上水面来，这次他带来的珠子比所有奥马兹[1]的珍珠都美，因为它圆得像一轮满月，并且比晨星还要白。可是他的脸白得出奇，他一倒在甲板上，耳朵和鼻孔里立刻冒出血来。他略略颤抖了一下，便不动了。黑人们耸了耸肩头，把他的身体丢到海里去了。

船长笑了，他伸出手来拿起那颗珠子，他看了看它，便把它按到他的前额上，俯下头行了一个礼。“它应当用来装饰小王的节杖，”他说，就打个手势叫黑人起锚。

少年国王听到这句话，他大叫一声，便醒过来了，穿过窗户，他看见黎明的灰色长指头正在摘取垂灭的星星。

---

① 奥马兹，波斯湾中一个岛。

他又睡着了，做梦了，他的梦是这样的：

他觉得他正走过一个阴暗的树林，树上悬垂着奇异的果子和美丽而有毒的花朵。他经过的时候，毒蛇向他嗞嗞地叫着，彩色鹦鹉带着尖叫声飞过树丛。大龟在热的泥水中昏睡。林中到处都是猴子和孔雀。

他继续向前走着，走到树林口便站住了，他看见一大群人在一条干了的河床上做工。他们像蚂蚁似地挤在崖上。他们在地上挖了些深坑，自己下到坑里去。有的人拿着大斧在劈岩石；有的人在沙里掏摸。他们连根拔起仙人掌，又随意践踏红花。他们你叫我、我喊你地忙来忙去，并没有一个偷懒的人。

死和贪欲躲在一个石洞的阴处守着他们，死说："我厌烦啦，把他们分给我三分之一，让我走吧。"

可是贪欲摇头不肯。她答道："他们是我的用人。"

死对她说："你手里是什么东西？"

"我有三粒谷子，"她回答，"这跟你有什么相干？"

"给我一粒，"死说，"来种在我的园子里；只要一粒，我就会走开的。"

"我什么也不给你，"贪欲说，她把她的手藏在她的衣服褶子里面。

死笑了，他拿出一个杯子，把它浸在水池里，于是从杯中出来了疟疾。疟疾走过人丛中，三分之一的人倒下来死了。她后面起了一阵冷雾，无数的水蛇在她旁边跑窜。

贪欲看见人死了三分之一，便捶胸大哭。她捶着她那干瘦的胸膛，哭得很伤心。"你杀死了我三分之一的用人，"她哭道，"你去吧。鞑靼人的山中正有战争，双方的国王都在唤你去。阿富汗人杀了黑牛，正开去参战。他们用他们的长矛打他们的盾牌，并且戴上了铁盔。我这山谷跟你有什么相干，你为什么留在这儿不走呢？你去吧，不要再到这儿来了。”

“不，”死答道，“你不给我一粒谷子，我就不走。”

可是贪欲捏紧了手，牙齿也闭得紧紧的。“我什么也不给你，”她喃喃地说。

死笑了，他在地上捡起一块黑石子，掷进树林中去，从野松丛中走出来热病，穿着一件火焰的袍子。她走过人丛中，随意挨着人们，凡是被她挨到的人都倒下死了。她的脚踏过草上，草也枯了。

贪欲颤抖起来，把灰抹到头上。“你太残忍了，”她说，“你太残忍了。在印度各大城[1]内正发生饥荒，撒马耳罕的蓄水池已经干了。在埃及各大城内正发生饥荒，蝗虫已经从沙漠飞来了。尼罗河水并没有涨上岸来，僧侣们埋怨着伊西斯[2]和奥西里斯[3]。你到那些需要你的人那儿去吧，不要弄我的用人。”

“不，”死答道，“你不给我一粒谷子，我就不走。”

“我什么也不给你，”贪欲说。

死不说了，他举起手在指缝间吹起哨子，一个女人在空中飞来。她额上写着“瘟疫”二字，一群瘦老鹰在她周围盘旋。她的翅膀罩住了整个山谷，所有的人全死了。

贪欲哭叫着穿过树林逃走了，死跳上他的红马骑着走了，他的马跑得比风还快。从谷底黏泥中爬出来龙和有鳞的怪物，一群胡狼在沙上跑着，仰起鼻孔大声吸气。

少年国王哭了，他说：“这些人是谁呢？他们在找寻什么东西？”

---

①原文是“有城墙的城”（the walled cities）。
②伊西斯，古埃及的繁殖女神。
③奥西里斯，古埃及的主神，伊西斯女神的丈夫。

“他们找寻国王王冠上面嵌的红宝石，”站在他背后的一个人答道。

少年国王吃了一惊，他转过身子，看见了一个香客打扮的人，手里捧着一面银镜。

他脸色发白，又问：“哪一个国王？”

香客答道：“看这面镜子吧，你就会看见他。”

他看那面镜子，却见到他自己的脸孔，他大叫一声，便醒了，明亮的阳光流进屋子里来，窗外，花园和别苑的树上，鸟群正在唱歌。

御前大臣和文武官员进来向他行礼，内侍们给他捧来金线的王袍，又把王冠和节杖放在他面前。

少年国王望着那些东西，它们非常美。它们比他以前见过的任何东西都更美。可是他记起了自己的梦，便对他的大臣们说：“把这些东西拿开，我不要穿它们。”

朝臣们大吃一惊，有的人笑了，他们以为他是在开玩笑。

可是他又严肃地对他们说：“把这些东西拿开，把它们藏起来，不给我看见。虽然是我加冕的日子，我也不穿戴它们。因为我这件袍子是在忧愁的织机上用痛苦的白手织成的。红宝石的心上有的是血，珍珠的心上有的是死。”他把他的三个梦都对他们讲了。

朝臣们听了他这三个梦以后，他们面面相觑，低声交谈说：“他一定疯了；因为梦不过是一个梦，幻觉也不过是幻觉吧。它们并不是真的，值不得我们去注意。并且那些替我们做工的人的生命跟我们有什么相干呢？难道一个人没有见过播种人就不应该吃面包，没有跟葡萄园丁谈过话就不应该喝酒吗？”

御前大臣向少年国王进言道：“陛下，我求您把这些阴郁的思想丢开，穿起这件漂亮的袍子，戴起这顶王冠。因为要是您没有一件王袍，百姓怎么知道您是国王呢？”

少年国王望着他。“真的是这样吗？”他问道。“要是我没有一件王袍，他们会认不出我是国王吗？”

“他们会认不出的，陛下，”御前大臣大声说。

“我从前还以为真有带帝王相的人，”少年国王答道，“可是也许倒是你说的不错。不过我还是不穿这件袍子，也不戴这顶王冠，我进宫来的时候是怎样打扮，现在也就怎样打扮着出宫去。”

他吩咐他们全退出，只留下一个内侍，那是一个比他小一岁的孩子。他留下这孩子来伺候他。他在清洁的水里洗了澡，打开一口大的漆上颜色的箱子，拿出他在山腰给牧人看羊时候穿的皮衣和粗羊皮外套。他把它们穿在身上，他手里拿着他那根牧人杖。

那个小内侍惊奇地圆睁着一双大的蓝眼睛，含笑对他说：“陛下，我看见您的王袍和节杖，可是您的王冠在哪儿呢？”

少年国王随手折下一枝爬在露台上面的荆棘，把它折弯，做成一个圆圈，放在他自己的头上。“这就是我的王冠。”他答道。

他这样打扮好了，就走出他的屋子到大殿上去，贵族们正在那儿等候他。

贵族们拿他取笑，有的对他叫起来：“陛下，百姓们等着看他们的国王，您却扮一个乞丐给他们看。”有的动了怒说：“他丢了我们国家的脸，不配做我们的主子。”可是他一个字也不回答，便走了过去，他走下亮云斑石的楼梯，出了铜门，上了马，到礼拜堂去，小内侍在他旁边跑着。

百姓们笑着，嚷着：“国王的弄臣骑马走过了！”他们一路嘲笑他。

他勒住马缰说："不，我就是国王。"他便把他的三个梦对他们讲了。

人丛中走出一个男人来，他痛苦地对少年国王说："皇上，您不知道穷人的生活是从富人的奢华中来的吗？我们就是靠您的阔绰来活命的，您的恶习给我们面包吃。给一个严厉的主子做工固然苦，可是找不到一个要我们做工的主子却更苦。您以为乌鸦会养活我们吗？您对这些事又有什么补救办法？您会对买东西的人说：'你得出这么多钱买下'，又对卖的人说：'你得照这样价钱卖出'吗？我不相信。所以您还是回到您的宫里去，穿上您的紫袍、细衣吧。您跟我们同我们的痛苦有什么关系呢？"

"富人和穷人不是弟兄吗？"少年国王问道。

"是的，"那个人答道，"那个阔兄长的名字叫该隐[①]。"

少年国王的眼里充满了泪水，他策着马在百姓们的喃喃怨声中缓缓前进，那个小内侍害怕起来，便走开了。

他走到礼拜堂的大门口，兵士们横着他们的戟拦住他说："你在这儿找什么！这道门只有国王才能进来。"

他气红了脸，对他们说："我就是国王，"他把他们的戟挥开，走进去了。

老主教看见他穿一身牧羊人衣服走进来，便惊讶地从宝座上站起来，走去迎接他，对他说："孩子，这是国王的衣服吗？那么我拿什么王冠给你加冕呢？我拿什么节杖放在你手中呢？事实上这在你应该是一个最快乐的日子，不是一个屈辱的日子。"

"那么快乐应当穿愁苦做的衣服吗？"少年国王说。他把他的三个

---

① 该隐杀死他的兄弟亚伯，事见《圣经·旧约》。

梦对主教讲了。

主教听完了他的梦，便皱着眉头说："孩子，我是一个老人，已经临到我的晚年了，我知道这个广大的世界上有过许多坏事情。凶恶的土匪从山上跑下来绑走一些小孩，拿去卖给摩尔人①。狮子躺着等候商队走过，抓骆驼吃。野猪挖起山沟里的谷子，狐狸咬了山上的葡萄藤。海盗洗劫了海岸，焚烧渔船，抢走渔网。麻风病人住在盐泽里，用芦苇秆子造房屋，没有人可以走近他们。乞丐们流落街头，到处漂泊，跟狗一块儿吃饭。你能够叫这些事情不发生吗？你会跟麻风病人同床睡眠，让乞丐跟你一块儿进餐吗？你会叫狮子听你的吩咐，野猪服从你的意志吗？难道那位造出贫苦来的他②不比你聪明？因此我并不赞美你所做的事情，我却要你回到你的宫里去，做出快乐的面容，穿上适合国王身份的衣服，我要拿金王冠来给你加冕，我要把珍珠的节杖放在你手中。至于你那些梦，不要再去想它们。现世的担子太重了，不是一个人担得起的，人世的烦恼也太大了，不是一颗心受得了的。"

"你在这个地方讲这种话吗？"少年国王说，他大步走过主教面前，登上祭坛的台阶，立在基督的像前。

他立在基督像前，在他右手边和在他左手边有着灿烂的金盆，盛黄酒的圣餐杯和装圣油的瓶子。他跪在基督像前，珠宝装饰的神座旁边蜡烛燃得十分明亮，香的烟云盘成青色细圈在圆顶下缭绕。他垂着头祈祷，那些穿着硬法衣的教士都下了祭坛让开了。

突然从外面街上传来一阵吵闹声，羽缨颤摇的贵族们拿着出鞘的剑和发光的钢盾牌进来了，"那个做梦的人在哪儿？"他们叫着。"那个打

①摩尔人，非洲西北部的一个民族。
②指上帝。

扮得像乞丐的国王——那个给我们国家丢脸的孩子在哪儿？我们一定要杀死他，因为他不配统治我们。”

少年国王又埋下他的头祈祷，他祷告完毕便站起来，他转过身子忧愁地望着他们。

看啊！太阳穿过彩色玻璃窗照在他身上，日光在他四周织成一件金袍，比那件照他的意思做成的王袍还要好看。那根枯死的杖开花了，开着比珍珠还要白的百合花。干枯的荆棘也开花了，开着比红宝石还要红的玫瑰花。百合花比最好的珍珠更白，梗子是亮银的。玫瑰花比上等红宝石更红，叶子是金叶做的。

他穿着国王的衣服站在那儿，珠宝装饰的神龛打开了，从光辉灿烂的“圣饼台”[①]的水晶上射出一种非凡的神奇的光。他穿着国王的服装站在那儿，这个地方充满了上帝的荣光，连那些雕刻的壁龛中的圣徒们也好像在动了。他穿着华贵的王袍立在他们面前，风琴奏出乐调来，喇叭手吹起他们的喇叭，唱歌的孩子们唱着歌。

百姓们敬畏地跪了下来，贵族们把宝剑插回剑鞘，向他行着敬礼，主教脸色发白，他的手颤抖着。“比我伟大的已经给你加冕了。”他大声说，跪倒在国王的面前。

少年国王从高高的祭坛上走下来，穿过人丛回宫去。没有一个人敢看他的脸，因为这跟天使的面容极相似。

---

①按照天主教规矩，“圣饼台”就是放“圣饼”的台架。“圣饼”又称“圣体”，即圣餐时用的“圣饼”，因此“圣饼台”又称“圣体匣”。

西班牙公主的生日

这是西班牙公主的生日。她刚满十二岁，这天御花园里阳光十分灿烂。

她虽是一个真正的公主，一位西班牙公主，可是她跟穷人的小孩完全一样，每年只有一个生日，因此全国的人自然把这看作一件非常重要的事，就是她的生日应该是一个很好的晴天。那天的确是一个很好的晴天。高高的有条纹的郁金香挺直地立在花茎上，像是长列的士兵，它们傲慢地望着草地那一头的蔷薇花，一面说："我们现在完全跟你们一样漂亮了。"紫色蝴蝶带着两翅的金粉在各处翻飞，轮流拜访群花；小蜥蜴从墙壁缝隙中爬出来，晒太阳；石榴受了热裂开，露出它们带血的红心。连镂花的棚架上，沿着阴暗的拱廊，悬垂着的累累的淡黄色柠檬，也似乎从这特别好的日光里，得到一种更鲜明的颜色，玉兰树也打开了它们那些闭着的象牙的球形花苞，使得空气中充满了浓郁的甜香。

小公主本人同她的游伴们在阳台上走来走去，绕着石瓶和长了青苔的古石像玩捉迷藏的游戏。在平日公主只可以和那些跟她身份相同的小孩玩，因此她总是一个人玩，没有谁来陪伴她。可是她生日这一天却是一个例外，国王下了命令，她在这天可以邀请她所喜欢的任何小朋友进宫来跟她一块儿玩。这班身材细长的西班牙小孩走起路来，姿势非常优美，男的头上戴着装饰了大羽毛的帽子，身上披着飘动的短外衣，女的提着锦缎长衣的后裾，用黑、银两色的巨扇给她们的眼睛遮住太阳。公主却是他们中间最优雅的，而且她打扮得最雅致，还是依照当时流行的一种相当繁重的式样。她的衣服是灰色缎子做的，衣裾和胀得很大的袖子上绣满了银花，硬的胸衣上装饰了几排上等珍珠。她走动的时候衣服下面露出一双配着浅红色大蔷薇花的小拖鞋。她那把大纱扇是淡红色和珍珠色的，她的头发像一圈褪色黄金的光环围绕着她那张苍白的小脸，头发上戴了一朵美丽的白蔷薇。

那位愁闷不快的国王①从宫中一扇窗里望着这群小孩。他所憎厌的兄弟，阿拉贡②的唐·彼德洛，立在他背后，他的忏悔师，格拉那达③的大宗教裁判官，坐在他的身边。这时候国王比往常更加愁闷，因为他望着小公主带了一种小孩的认真样子向她面前那群小朝臣俯身答礼，或者向那个时常跟她在一块儿的面目可憎的阿布奎基公爵夫人用扇子掩着脸娇笑的时候，他不由得想起了她的母亲，他觉得好像还是不久以前的事情，那位年轻的王后从欢乐的法国来到西班牙，在西班牙宫廷那种阴郁的华贵生活中憔悴死去，留下一个半岁的女孩，她来不及看见园子里的杏树二度开花，也没有能在院子中央那棵多节的老无花果树上采摘第二年的果实，院子里现在已经长满杂草了。他对她的爱是这样地大，所以他不肯把她埋在坟墓里让他见不到她的面。他叫一个摩尔族的医生用香料保存了她的尸首，这个医生因为信邪教和行魔术的嫌疑据说已经被宗教裁判所判了死刑，国王为了他这件工作便赦免了他。她的身体现在还睡在宫中黑大理石的礼拜堂内张着帷幔的尸架上，跟将近十二年前那个起风的三月天里僧侣们把她抬到那里去的时候完全一样。一个月里总有一次，国王用一件黑大氅裹住身子，手里提一个掩住光的灯笼走进这个礼拜堂，跪在她的旁边唤着："我的王后！我的王后！④"有时他甚至不顾礼节（在西班牙个人任何行为都得受礼节的拘束，连国王

---

①似指西班牙国王腓力二世（1527—1598），但也有不合史实的叙述。在有些地方又像是指腓力五世（1683—1746）。

②阿拉贡，西班牙东北部的一省。

③格拉那达，西班牙南部的一省，忏悔师就是听教徒忏悔的长老。

④原文是西班牙文：Mi reina！Mi reina！

的悲哀也得受它的限制），在悲痛突然发作的时候抓住她那只戴珠宝的没有血色的手，狂吻她那冰冷的化妆过的脸，想把她唤醒。

今天他好像又看见她了，就像他在枫丹白露宫[①]里第一次看见她那样，他那时只有十五岁，她更年轻。他们就在那个时候正式订婚，由罗马教皇的使节主持典礼，法国国王和全体朝臣都在场参加。以后他便带着一小圈黄头发回到他的西班牙王宫去了，他进马车的时候，两片孩子气的嘴唇埋下来吻她的手，这回忆伴着他回国。婚礼后来在蒲尔哥斯（法西两国边境上一个西班牙小城）匆促地举行了，随后回到京城马德里，才公开举行盛大的庆祝，依着旧例在拉·阿多奇亚教堂里做一次大弥撒，并且举行一次比平常更庄严的判处异教徒火刑的典礼，把将近三百个异教徒（里面有不少的英国人）交给刑吏烧死在火柱上。

他的确疯狂地爱着她，他的国家当时正为了争夺新世界的帝国和英国作战，许多人认为就是他的这种爱使他的国家战败了的。他几乎不能够跟她离开片刻；为了她，他忘记了或者似乎忘记了一切国家大事；激情使他盲目到这样可怕的地步，他竟然看不出来他为了使她高兴苦心想出的那些繁重礼节，反而加重了她那个奇怪的病症。她死后，有一个时期他好像发了狂一样。并且要不是他害怕他退位后小公主会受到他那个以残酷著称的兄弟的虐待，他一定会正式逊位到格拉那达的特拉卜教派[②]大寺院中修道去，他已经是那个寺院的名誉院长了。他的兄弟的残酷就是在西班牙也是很出名的，许多人还疑心他毒死了王后，说是王后到他的阿拉贡宫堡中访问的时候，他送了她一双有毒的手套。为了纪念

① 在巴黎东南。

② 特拉卜教派，天主教西多会的一支派，由诺曼底地方的特拉卜寺院得名。教规极严，注重沉默，完全素食。但特拉卜教派的创立却是腓力二世死后的事（1664 年）。

死去的王后，国王曾通令全国服丧三年，甚至在三年期满之后他还不许大臣们向他提续弦的事，后来皇帝[1]本人出面要把侄女波希米亚郡主（一位可爱的郡主）嫁给他，他却吩咐使臣们对他们的皇帝说，西班牙国王已经同“悲哀”结了婚，虽然她只是一个不会生育的新娘，他却爱她比爱“美丽”更多。他这个答复便使他的王国失去了尼德兰的富裕省份[2]。那些省份不久就在皇帝的鼓动下，由少数改革教派[3]的狂信者领导，发动了反对他的叛乱。

今天他望着公主在园子里阳台上游戏的时候，他全部的结婚生活似乎在他眼前重现了，他又经历了一次他结婚生活中那些强烈的、火热的欢乐和因这生活的突然结束所引起的可怕的痛苦。死去的王后所有的一切动人的傲慢态度，小公主都有，她也有她母亲那种任性的摆头的样子，她母亲那张骄傲的美丽的弯弯的嘴，她母亲那种非常漂亮的微笑（的确是所谓“真正法国的微笑”）；她偶尔仰起头来看这堵窗，或者伸出她的小手给西班牙显贵们亲的时候，他看到了这种微笑。可是小孩们的尖锐的笑声刺着他的耳朵，明媚而无情的阳光嘲弄着他的悲哀，连清爽的早晨空气也被一种古怪香料（就像人用来保存尸首使它不会腐烂的那种香料）的沉滞的香味弄脏了——或者这只是他的幻想吧？他把脸埋在两只手里。等到小公主再抬起头看窗户的时候，窗帘已经垂了下来，国王走开了。

她稍稍噘起嘴做出失望的样子，又耸了耸肩。今天是她的生日，他

---

① 似指神圣罗马皇帝马克西米利安二世（1527—1576），原为奥地利大公，匈牙利和波希米亚的国王。1564 年即帝位。

② 指后来的荷兰国，以前由西班牙统治，1568 年发动反西班牙的战争，1684 年赶走了西班牙人。

③ 改革教派，指由马丁 · 路德派分离出来的新教改革派。西班牙国王压迫尼德兰新教徒，1567 年大杀新教徒，造成尼德兰的叛变与荷兰的独立。

实在应该陪她。那些愚蠢的国事有什么要紧呢？或者他是到那个阴沉的礼拜堂去了吧？那个地方是不许她进去的，她知道那儿永远燃着蜡烛。他多傻，太阳这样亮，大家都这样高兴，他却一个人躲在那儿！并且假斗牛戏的号声已经响起来了，他会错过它的，更不必说傀儡戏和别的出色的游艺了。她的叔父和大宗教裁判官倒更近人情。他们到了阳台上来给她道喜。所以她摇摆着她那美丽的头，拉着唐·彼德洛的手，慢慢儿走下了石级，朝着一座搭在园子尽头的长长的紫绸帐篷走去，别的小孩们严格地依着次序跟在她后面：谁的姓名最长，就在最前头。

一队化装为斗牛士的贵族男孩们走出来迎接她，年轻的新地伯爵（一个非常漂亮的十四岁光景的孩子）带着西班牙贵胄世家的全部优雅态度向她脱帽致敬，庄重地引她进去，走到场内高台上一把镶金的小象牙椅前面。女孩们围成一个圈子在四周坐下，一面挥着她们的大扇子低声交谈。唐·彼德洛和大宗教裁判官带笑地立在场子的入口。连那位公爵夫人（一个脸色严厉的瘦女人，还戴着一圈黄色绉领，人们叫她做“侍从女官长”）今天也不像往常那样地板着面孔了，一个冷淡的微笑在她的起皱纹的脸上掠过，使她那消瘦的没有血色的嘴唇抽动起来。

这的确是一场了不起的斗牛戏，而且照小公主看来，比真的斗牛戏还好（那次帕马公爵来访问她父亲的时候，她在塞维尔[①]被人带去看过真的斗牛戏）。一些男孩骑着披了华贵马衣的木马在场子里跑，他们挥动着长枪，枪上挂了用颜色鲜明的丝带做的漂亮的长幡，另一些男孩徒步走着，在“牛”面前舞动他们的猩红色大氅，要是“牛”向他们进攻，他们便轻轻地跳过了栅栏，至于“牛”呢，虽然它不过是用柳枝细工和张开的牛皮做成的，它却跟一条活牛完全一样，只是有时候它单用

---

① 塞维尔，西班牙南部的一省。

后腿绕着场子跑，这却是活牛从没有梦想到的了。它斗得也很不错，女孩们兴奋得不得了，她们竟然在长凳上站起来，挥舞她们的花边手帕，大声叫着：“好呀！好呀！”她们好像跟成人一样地懂事。这场战斗故意拖长下去，有几匹木马被戳穿了，骑马的人也下了马来，最后那个年轻的新地伯爵把“牛”弄得跪在地上，他央求小公主允许他下那“致命的一击”，他得着她的许可，便将他的木剑刺进那个畜生的颈子里去，他用力太猛，一下就把牛头砍掉了，小罗南先生的笑脸露了出来，那是法国驻马德里大使的儿子。

在众人长久拍掌欢呼声中，场子收拾干净了，两个摩尔族的侍役穿着黄黑两色的制服庄严地拖走了木马的尸首，又来一段短短的插曲：一个法国走绳师做了一次走绳的表演，然后在一个特地建筑来演傀儡戏的小剧院的舞台上由意大利傀儡戏班演出了半古典的悲剧《莎福尼士巴》。傀儡们演得很好，它们的动作非常自然，戏演完公主的眼里已经充满泪水了。有几个女孩真的哭了起来，得拿糖果去安慰她们，连大宗教裁判官也很受感动，他忍不住对唐·彼德洛说，像这种用木头和染色的蜡做成，并且由提线机械地调动着的东西居然会这样地不快乐，又会遇到这么可怕的恶运，他觉得实在太难过了。

接着是一个非洲变戏法人的表演。他提了一个大而扁平的篮子进来，篮子上面覆着一块红布，他把篮子放在场子的中央，从他的包头帕下拿出一根奇怪的芦管吹起来。过了一会儿，布开始动了，芦管声愈来愈尖，两条金绿两色的蛇从布下面伸出它们古怪的楔形的头，慢慢地举起来，跟着音乐摆来摆去，就像一棵植物在水中摇动一样。小孩们看见它们有斑点的头顶和吐出来很快的舌头，倒有点害怕，不过后来看见变戏法人在沙地上种出一棵小小的橙子树，开出美丽的白花，并且结了一簇真的果子，他们却很高兴了；最后变戏法人拿起拉斯·多列士侯爵小女儿的扇子，把它变成一只青鸟在帐篷里飞来飞去，唱着歌，这时孩子们很高兴又很惊愕。还有毕拉尔圣母院礼拜堂的跳舞班男孩们表演的庄严的“梅吕哀舞”[①]也是很动人的。这个盛典每年五月里要在圣母的主祭坛前举行一次，来礼拜圣母，可是小公主以前从没有见过；并且自从一个疯教士（许多人认为他是被英国伊丽莎白女王[②]收买了的）企图用一块有毒的圣饼谋害阿斯都里亚王[③]以后，的确就没有一位西班牙王族进过萨拉戈萨[④]的大教堂。因此她只听见别人传说“圣母舞”怎样怎样（那种舞就叫做“圣母舞”）。这确实很好看，跳舞的男孩们都穿着白色天鹅绒的旧式宫装，他们的奇特的三角帽上垂着银的穗子，帽顶上饰着大的鸵鸟毛，他们在日光里迈着舞步的时候，他们那身炫目的白衣裳衬着他们的带黑色的皮肤和黑色的长发越显得灿烂夺目。他们在这错杂的跳舞中自始至终都带着庄重尊严的神情，他们的徐缓的舞步和动作有一种极考究的优雅，他们的鞠躬也是很气派的，所有的人都被这一切迷住了。最后他们表演完毕，脱下他们的羽毛大帽向小公主致敬，她非常客气地答礼，并且答应送一支大蜡烛到毕拉尔圣母的神坛上去，报答圣母赐给她的快乐。

于是一群漂亮的埃及人（当时一般人称吉卜赛人为埃及人）走进场子里来，他们围成一个圈子，盘着腿坐下，轻轻地弹起他们的弦琴，他们的身子跟着琴调摆动，并且差不多叫人听不见地低声哼着一支轻柔的调子。他们看见唐·彼德洛，便对他皱起眉头来，有的人还露出惊恐的样子，因为才只几个星期以前他们有两个同胞被唐·彼德洛用了行妖术

---

①梅吕哀舞，一种徐缓而端庄的舞蹈。
②伊丽莎白女王，英格兰与爱尔兰的女王（1533—1609）。
③阿斯都里亚王，1388 年以后西班牙王太子的称号。
④萨拉戈萨，西班牙东北部的一省。

的罪名绞死在塞维尔的市场上。不过小公主把身子向后靠着，她一对大的蓝眼睛从扇子上头望着他们的时候，她的美丽把他们迷住了，他们相信像她这样可爱的人决不能对别人残酷的。因此他们很文静地弹着弦琴，他们的长而尖的指甲刚刚挨到琴弦，他们的头开始点着，好像他们在打瞌睡似的。突然间他们发出一声非常尖锐的叫声，小孩们全吃了一惊，唐·彼德洛的手连忙握住他短剑的玛瑙剑柄，以为发生了什么变故，原来那些弹琴的人跳了起来，疯狂地绕着场子旋转，一面敲手鼓，一面用他们那种古怪的带喉音的语言唱热烈的情歌。后来响起了另一声信号，他们全体又扑到地上去，就静静地躺在那儿，真是静得很，整个场子里就只有一阵单调的琴声。他们这样做了几次之后就不见了，过了一忽儿，又用链子牵了一只毛茸茸的褐色大熊回来，他们的肩头上还坐了几个小巴巴利[①]猴子。熊非常严肃地倒立起来，那些枯瘦的猴子跟两个吉卜赛小孩（他们好像是猴子的主人）玩着各种有趣的把戏，比剑，放枪，并且做完像国王的禁卫军那样的正规兵的操练。吉卜赛人的表演的确是很成功的。

然而整个早晨的游艺节目中最有趣的倒还是小矮人的跳舞。小矮人摇摇晃晃地移动那双弯曲的腿，摆动他那个畸形的大头，连跌带滚地跑进场子里来的时候，小孩们高兴得大声欢呼起来，小公主也禁不住放声大笑。因此那位“侍从女官”不得不提醒她说，一位国王的女儿在一些跟她同等的人面前哭，这样的事在西班牙虽有不少的先例，可是却不曾见过一位皇族公主在一班身份比她低下的人面前这样高兴的。然而矮人的魔力太大了，真正是无法抗拒的，西班牙宫廷素来以培养恐怖的嗜好著称，却也从没有见过一个这么怪相的小怪物。并且他还是第一次

---

① 巴巴利在北非洲。

出场。他是刚刚在昨天被人发现的。两个贵族在环城的大软木树林的最远的一段打猎，他正在林子里乱跑，他们遇见了他，便把他带进宫里来，打算给小公主一番惊喜；矮人的父亲是个贫穷的烧炭夫，看见有人肯收养这个极丑陋又毫无用处的孩子，倒是求之不得。关于矮人的最有趣的事也许就是他一点也不觉得自己难看。的确他好像很快乐，而且很有精神似的，孩子们笑的时候，他也笑，而且笑得跟他们中间任何人一样随便，一样快乐；每次跳舞完毕，他都要给他们每个人鞠个最滑稽的躬，对他们点头微笑，就好像他真的是跟他们同类的人，并不是大自然怀着作弄的心思特地造出来给别人戏弄的一个畸形小东西。至于小公主呢，他完全被她迷住了。他不能够把眼睛从她身上拿开，他好像专为她一个人跳舞似的。等他表演完毕，小公主记起来从前有一次教皇把他自己礼拜堂里唱歌的意大利著名最高音歌者加法奈利[①]派到马德里来，用他美好的歌喉治疗西班牙国王的愁闷，那个时候她亲眼看见宫廷贵妇们向加法奈利投掷花束，她便从她头发上取下那朵美丽的白蔷薇，一半开玩笑，一半戏弄那个“侍从女官”，她带着最甜蜜的微笑，把花丢到场子里去给他；他把事情看得十分认真，拿起花按在他粗糙的嘴唇上，一手拊着心跪在她面前，嘴张得大大的，一对小小的亮眼睛射出喜悦的光辉。

小公主更没有办法保持她的庄严了，小矮人跑出场子以后许久她还在笑，并且对她的叔父表示她希望这种跳舞马上再来一次。然而那位“侍从女官”说是太阳太大了，公主殿下应当立刻回宫去，宫里已经为她预备了盛宴，有一个生日大蛋糕，上面用彩色的糖做出她名字的缩写

---

① 加法奈利(1703—1787)，意大利歌者，真名 Gaetano Majorano。他较腓力二世晚生 170 余年。他和腓力五世同时代。

字母，还有一面可爱的小银旗在上面飘舞。小公主便很尊严地站起来，吩咐小矮人在午睡时间以后再表演跳舞给她看，又道谢年轻的新地伯爵今天这番殷勤的招待，然后回宫去了。小孩们仍旧依照先前进来时候的次序跟着走出。

小矮人听说叫他在公主面前再表演一次跳舞，而且是公主自己特别吩咐的，他十分得意，便跑进花园里去，他高兴得忘记了自己，居然接连不断地吻着白蔷薇，做出些最笨拙、最难看的快乐的动作。

花看见他居然大胆闯进他们美丽的家里来，非常不高兴，他们看到他在花径里跳来跳去，那么可笑地举起两手不住地挥舞，他们再也忍耐不下去了。

“他实在太难看了，不应当让他到我们在的任何地方来玩，”郁金香嚷道。

“他应当喝罂粟汁睡一千年才成，”大的红百合花说，他们气得不得了。

“他是个十足可怕的东西！”仙人掌叫道。“他身子矮胖，又扭歪得不成形，他的头大得跟腿完全不成比例。他的确使我看着不舒服，要是他走近我身边，我就要拿我的刺去刺他。”

“他倒的确得到了我一朵最漂亮的花！”白蔷薇树大声说。“我今早晨亲自送给公主，作为生日的礼物，他从公主那儿把它偷走了。”于是她拼命地叫起来：“贼，贼，贼！”

连平日不大装腔作势的红风露草(他们自己也有不少的穷亲戚，这是尽人皆知的事)看见小矮人也憎厌地盘起身子；紫罗兰在旁边谦虚地说小矮人的确很难看，可是他自己也没有办法，风露草立刻做出很公平的样子反驳道，那是他主要的短处，而且没有理由因为一个人有不治的病症就应当恭维他；其实有一些紫罗兰也觉得小矮人的丑陋大半是他自己故意做出来的，并且要是他带着愁容，或者至少带着沉思的神情，不要像这样快乐地跳来跳去，做出种种古怪的傻样子，那么他看起来也要顺眼一点。

至于老日晷仪呢，他是一位很著名的人物，他从前还亲自向查理五世皇帝陛下①报告过时刻，他看见小矮人，大吃一惊，他几乎忘记用他那带影子的长指头指出整整两分钟了，他忍不住对那位在栏杆上晒太阳的乳白色大孔雀表示意见说，谁都知道，国王的孩子也是国王，烧炭夫的孩子也是烧炭夫，没法希望事情不是这样；孔雀完全赞成他这种说法，并且的确叫起来："不错，不错。"她声音那样大，那样粗，连住在清凉的喷泉的池子里的金鱼们也从水里伸出头来，向那些石头雕的大海神②探问世间发生了什么事情。

可是鸟儿却喜欢他。他们常常看见他在林子里玩，有时像妖精似地追逐在空中旋转的落叶跳舞，有时蹲在一棵老橡树的洞孔里，把他的硬壳果分给松鼠们吃。他们一点儿也不介意他的丑陋。是啊，夜莺晚上在橙子林里唱歌唱得那么甜，明月有时候也俯下身子来听她唱，连她也并不是那么好看的。并且小矮人过去对待鸟儿都很仁慈，譬如在那个可怕的严冬，树上再没有果子了，土地又像铁一样地硬，狼群居然跑到城门口来找食物，他也不曾忘记他们，他常常把他的小块黑面包揉成屑给他们吃，不管他自己的早餐怎样坏，他总要分一些给他们。

所以他们现在绕着他飞来飞去，他们飞过他头上的时候便用翅膀轻轻挨一下他的脸颊，他们吱吱喳喳地交谈，小矮人非常高兴，他忍不住

---

①查理五世，即卡尔五世(1500—1558)，德意志皇帝兼西班牙王，1556年逊位，西班牙王位由腓力二世继承。

②音译"特赖登"，希腊神话中，半人半鱼的海神。

把那朵美丽的白蔷薇拿给他们看，并且告诉他们，这是公主亲自给他的，因为她爱他。

他讲的话他们连一个字也不懂，可是并没有关系，因为他们把头偏在一边，做出很明白的神气，这跟真正了解是一样地好，并且更容易得多。

蜥蜴也很喜欢他，他跑倦了躺倒在草地上休息的时候，他们在他周身爬着，玩着，竭力使他高兴。他们大声说："不是每个人都可以像蜥蜴那样地漂亮。那是过分的要求了。并且说起来虽然有点不近情理，但事实却是这样，要是我们闭上眼睛不看他，他倒也并不太难看。"蜥蜴生就是一种完全哲学家的气质，在他们无事可做或者雨水太多他们不能外出的时候，他们常常坐着沉思几个钟头。

然而他们这种举动和鸟儿的举动，都使花非常担心。花说："显而易见，这样不停地跳跳蹦蹦，会有一种很坏的影响，有教养的人总是像我们这样规规矩矩地待在一个地方。从没有人看见我们在花径里跳来跳去，或者疯狂地穿过草丛追逐蜻蜓。要是我们想换换空气，我们就去找了园丁来，他便把我们搬到另一个花坛上去。这是很尊严的，而且应当是这样。可是鸟和蜥蜴却不懂休息，并且鸟连一个固定的地址也没有。他们不过是跟吉卜赛人一样的流浪人，实在应当受到对那种人的待遇。"他们便昂起头，做出高贵的神气，过了一忽儿他们看见小矮人从草地上爬起来，穿过阳台往宫里走去，他们非常高兴。

"他应当一辈子都关在房里，"他们说。"看他的驼背同他的弯腿，"他们吃吃地笑起来。

可是小矮人对这些一点也不知道，他很喜欢鸟和蜥蜴，他以为花是全世界中最好的东西，自然要除开小公主，但是小公主已经给了他一朵美丽的白蔷薇，她爱他，那就大有区别了。他多么希望他同她一块儿回到林子里去！她会让他坐在她右手边，对他微笑，他永远不离开她身边，他要她做他的游伴，教给她各种有趣的把戏。因为虽然他以前从没有进过王宫，他也知道许多了不起的事情。他能够用灯心草做出小笼子，关住蚱蜢叫它在里面唱歌，又能把细长的竹管做成笛子，吹起调子来连牧神[①]也爱听。他懂得每只鸟的叫声，他能够从树梢唤下欧椋鸟，从小湖里唤起苍鹭。他认识每头兽的脚迹，能够凭着轻微的脚印追赶野兔，靠着大熊践踏过的树叶追踪大熊。风的各种跳舞他都知道，秋天穿着红衣的狂舞，穿着蓝草鞋在谷上的轻舞，冬天戴着白的雪冠的跳舞，春天果园中的花舞。他知道斑鸠在什么地方做窝，有一次捕鸟人把老鸠捉去了，他便亲自担负起养育幼鸟的责任；他在一棵剪去顶枝的榆树的洞孔里为它们造了一个小小的鸠舍。它们很驯，已经习惯了每天早晨在他手上吃东西。她会喜欢它们，还有在长凤尾草丛中窜来窜去的兔子，有着硬羽毛和黑嘴的樫鸟，能够蜷缩成带刺圆球的刺猬，以及摇摆着头、轻轻咬着嫩叶、慢慢地爬着的大智龟，她都会喜欢的。是的，她一定要到林子里来跟他一块儿玩。他会把他的小床让给她，自己在窗外守着她直到天亮，不要叫长角的野兽伤害她，也不让面目狰狞的豺狼走近茅屋来。天亮后他会轻轻敲着窗板，唤醒她，他们会一块儿出去，跳舞跳一个整天。林子里的确一点儿也不寂寞。有时一个主教骑着他的白骡子走过，手里还拿着一本有图的书在读。有时一些饲鹰人戴着他们的绿绒便帽，穿着他们的熟鹿皮短上衣走过去，手腕上站着蒙了头的鹰。在葡萄收获期中，采葡萄做酒的人来了，满手满脚都是紫色，头上戴着新鲜常春藤编的花冠，拿着还在滴葡萄酒的皮酒袋；烧炭人晚上围了大火盆坐着，望着干柴在火中慢慢燃烧，把栗子埋在热灰中烘着，强盗们

---

①即“潘”，山野牧神。

从山洞里出来跟他们一块儿作乐。还有一回，他看见一个美丽的行列在长而多尘土的去托雷多①的路上蜿蜒地前进。僧侣走在前头，口里唱着好听的歌，手里拿着颜色鲜明的旗子和金十字架，随后跟着穿银盔甲执火绳枪与长矛的兵士，在这队兵士中间还有三个赤脚的人，身穿古怪的黄袍，袍上绘满了奇怪的像，手中拿着点燃的蜡烛。的确林子里有好多值得看的东西，要是她倦了，他便会找一个长满青苔的浅滩给她休息，或者就抱着她走，因为他虽然知道自己长得并不高，他却是很强壮的。他会用一种蔓草的红果给她做一串项链，这种红果子一定会跟她装饰在衣服上面的白果子一样美，要是她看厌了它们，她可以把它们丢开，他会给她另外找一些来。他会给她找些皂斗和露水浸透了的秋牡丹，还有萤火虫可以做她淡金色头发中间的星星。

可是她在什么地方呢？他问白蔷薇，白蔷薇不回答他。整个王宫好像都睡着了，就是在百叶窗没有关上的地方，窗上也放下了厚厚的窗帷来遮住阳光。他到处转来转去，想找个进门地方，后来他看见一道小小的便门开着。他便溜了进去，原来这是一个漂亮的厅子，他觉得它比树林漂亮得多，到处都是金光灿烂的，地板是用五色的大石头砌的，安放得十分平正，没有一点歪斜，简直跟一个整块一样。可是公主并不在那儿，只有几个非常漂亮的白石像从他们的绿玉像座上，埋下忧愁而茫然的眼睛望着他，他们的嘴唇上露出奇怪的微笑。

在厅子的尽头挂着一幅绣得很华丽的黑天鹅绒的帷幔，上面点缀了一些太阳和星星，这是国王最得意的设计，并且绣的是他最爱的颜色。也许她藏在那后面吧？无论如何他要过去看一下。

因此他便悄悄地走过去，把帷幔拉开了。不，那儿不过是另一个房

① 指托雷多大教堂。

间，只是他觉得它比他刚才离开的那间屋子好看多了。墙上的绿色挂毯，绣着一幅行猎图，画中人物很多，是几个佛兰德斯①美术家花了七年以上的时间完成的。这房间以前是“傻约翰”（那个疯王的绰号）的寝室，那个疯王太喜欢打猎了，他在精神错乱的时候还常常想骑上画中那些扬起前蹄的大马，拖开那只大群猎狗正在围攻的公鹿，吹起行猎的号角，用他的短剑刺一只奔逃的母鹿。现在房间改作为会议室了，在屋中央那张桌子上放着国务大臣们的红色文书夹，上面印着西班牙的国徽金郁金香和哈布斯堡皇室②的纹章和标识。

小矮人惊奇地看着四周，他有点害怕再往前走了。那些奇怪的沉默的骑马人那么轻捷地驰过树林中一段长长的草地，连一点声音也没有，他觉得他们好像是他听见烧炭夫们讲过的那种可怕的鬼怪“康卜拉却”，他们只在夜间出来打猎，要是碰到一个人，他们就使他变成赤鹿，然后来猎他。可是小矮人想起了美丽的公主，胆子又大起来了。他盼望他找到她一个人在屋子里，他要告诉她，他也爱她。也许她就在隔壁那间屋子里。

他跑过柔软的摩尔地毯，打开了门。不！她也不在那儿。屋子空得很。

这是一间御殿，用来接见外国使臣的，要是国王同意亲自接见他们（这样的事近来少有了），就叫他们到这里来；许多年以前，英国专使到西班牙来安排他们的女王③（她是当时欧洲天主教君主之一）同皇帝的长

---

① 佛兰德斯，古地名，今分属法、比、荷三国。佛兰德斯画派在 16、17 世纪时极盛。

② 哈布斯堡，第一次世界大战前奥国皇室之名，为日耳曼皇室的一支，1516 至 1700 年之西班牙国王也属于哈布斯堡皇室。

③ 似指英国女王玛丽一世（1516—1558），1554 年与西班牙王腓力二世结婚。

子[1]结婚，就在这间屋子晋见国王。屋里挂的帷幔都是用镀了金的西班牙皮做的，黑白二色的天花板下面垂着一个很重的镀金的烛架，架上可以插三百支蜡烛。一个金布大华盖上面用小粒珍珠绣成了狮子和加斯的尔[2]的塔，华盖下便安放了国王的宝座，是用一块华贵的黑天鹅绒罩衣盖着的，罩衣上到处都是银色的郁金香，并且很精巧地配着银和珍珠的穗子。在宝座的第二级上面放着公主用的跪凳，垫子是用银线布做成的，在跪凳下面，放着教皇使节的椅子，但已经出了华盖的界线了，只有教皇使节才有权在举行任何公开典礼的时候当着国王的面坐着，并且把他那主教的礼帽（帽上有缠结着的深红色帽缨）放在前面一个紫色小几上。墙上正对着宝座挂了一幅查理五世的猎装像，跟活人一样大小，身边还站着一只獒犬，另一面墙壁的正中挂着一幅腓力二世受尼德兰各省朝贡时的画像。在两堵窗户的中间放着一个乌木橱，上面嵌了一些象牙碟子，碟子上刻着霍尔班[3]的“死的跳舞”中的人物，据说还是这位大师亲手雕刻的。

然而小矮人对这一切庄严堂皇的景象一点儿也不注意。他不肯拿他的蔷薇花来换华盖上的全部珍珠，也不肯牺牲一片白花瓣来换那宝座。他所想望的，只是在公主到帐篷去以前见她一面，要求她等他跳舞完毕以后，跟他一块儿走。在这儿宫里空气是很郁闷的，可是在林子里风自由自在地吹着，日光用飘动不停的金手拨开颤抖的树叶。林子里也有花，也许不及这花园里的花漂亮，可是它们更香；早春有风信子在清凉的幽谷中和草覆的小丘上泛起一片紫浪；还有黄色樱草一小簇一小簇地丛生在多节的橡树根的四周；更有颜色鲜明的白屈菜，蓝色的威灵

① 似指西班牙国王腓力二世，他是德国皇帝查理五世（即卡尔五世）的儿子。
② 加斯的尔，在西班牙中部。
③ 霍尔班（1497—1543），德国画家。

仙，紫红和金色的鸢尾。榛树上有灰色的柔荑花，顶针花上面悬垂着有斑点的、蜜蜂常住的小房，累得它身子都弯了。栗树有它的白色星的尖塔，山楂有它的苍白的美丽的月亮。是的，只要他能够找到她，她一定会跟他去的！她会跟他一块儿到那美好的树林里去，他要跳舞一整天给她看，使她快乐。他这样一想，眼睛上便露出微笑了，他走进隔壁屋子里去。

在所有的屋子里面这一间算是最亮，最美丽的。墙壁上蒙着浅红色花的意大利花缎，缎上有鸟的图样，还点缀了很好看的银花；家具是用大块银子做的，上面装饰着鲜花的花彩和转动的小爱神；两个大壁炉前面都放了绣着鹦鹉和孔雀的屏风，地板是海绿色的条纹玛瑙，望过去，就仿佛没有边际似的。并且房里不只他一个人。屋子的另一头，门阴下，有一个小小的人形正在望他。他的心颤抖起来，他的嘴唇里发出一声快乐的叫唤，他便走出这间屋子到日光里去。他这样做的时候，那个人形也跟着他往外走，他现在看清楚那个东西了。

公主！不，这是一个怪物，他所见过的最难看的怪物。它并不像常人那样身材端正，它驼背，拐脚，还有一个摇摇晃晃的大脑袋，和一头鬃毛似的黑发。小矮人皱眉头，怪物也皱眉头。他笑，它也跟着他笑，他把两手放在腰间，它也把两手放在腰间。他嘲弄地给它鞠一个躬，它也同样地还一个礼。他向着它走去，它也走过来迎他。它每一步都摹仿他，他站住时它也站住。他感到有趣地叫起来，跑上前去，伸出他的手，怪物的手挨着他的手，它的手像冰一样地冷。他害怕起来，把手伸过去，怪物的手也很快地伸过来了。他想再向前推去，可是有什么光滑、坚硬的东西挡住了他。怪物的脸现在跟他自己的脸挨得很近了，那脸上仿佛充满了恐怖似的。他把垂下的头发从眼睛上抹开。它也摹仿他。他动手打它，它也还手打，并且是一下还一下的。他做出厌恶的样子，它也对他做怪相。他退回来，它也跟着退开了。

它是什么东西呢？他想了一忽儿，并且掉转头看了看屋子里其余的地方。真奇怪，每样东西在这堵看不见的清水墙上都有一个跟它完全一样的副本。是的，这儿一幅图像，墙上也有同样的一幅图像，那儿一张榻，墙上也有同样的一张榻。那个躺在门口壁龛中的酣睡的牧神也有一个孪生兄弟在睡着，那个立在日光里的银美神①也向着一个跟她一样可爱的美神伸出两只胳膊来。

难道这又是“回声”吗？他有一次在山谷中唤过她（指回声），她一个字一个字照样地回答。难道她能够摹仿眼睛像她摹仿声音那样？难道她能够造出一个跟真实世界完全一样的假世界？难道物件的影子能够有颜色、生命和动作吗？难道这能够是？——

他吃了一惊，便从怀里拿出那朵美丽的白蔷薇来，掉转身子吻着花。那个怪物也有一朵蔷薇，花瓣跟他的蔷薇完全一样！它也在吻花，而且吻法也是一样，它一样地把花按在它的胸上，做出可怕的动作。

当他明白了真相的时候，他发出一声绝望的狂叫，倒在地上呜呜地哭起来。原来那个畸形怪状、驼背的丑八怪就是他。他自己就是那个怪物！所有的小孩都在笑他，他原以为小公主在爱他，其实她也不过是在嘲笑他的丑陋，拿他的拐脚开心。为什么他们不让他待在树林里面呢？那儿没有镜子告诉他，他生得多丑陋。为什么他父亲不杀死他却卖他出去丢丑呢？热泪流下了他的脸颊，他把白蔷薇撕碎了。那个爬在地上的怪物也照样做了，把残花瓣朝空中乱丢。它在地上爬行；他朝它看，它那张带了痛苦皱着的脸也在望他。他害怕再看见它，便爬开了，还用两只手蒙住眼睛。他像一只受伤的动物似地爬进阴影里去，就躺在那儿

---

① 即维纳斯，司美与恋爱的女神。

呻吟。

就在这一刻小公主本人带着她的一群游伴从开着的落地窗进来了，他们看见丑陋的小矮人躺在地上，捏紧拳头打着地板，样子极古怪，极夸张，他们高兴得大笑起来，便围在他四周望着他。

“他的跳舞很有趣，”公主说，“可是他演戏更有趣。的确他差不多跟木偶人一样地好，不过不用说他还不够自然。”她摇着她的大扇子，喝彩。

可是小矮人并不抬起头来看一眼，他的抽泣声渐渐地减弱，突然他发出一阵奇怪的哮喘，把手在身上乱抓。随后他又倒下去，一点儿也不动了。

“这好极了，”公主停了一忽儿说，“可是现在你得给我跳舞了。”

“是啊，”小孩们齐声叫起来，“你得站起来跳舞，因为你跟巴巴利猴子一样聪明，你却比它们更可笑。”

可是小矮人一声也不回答。

小公主顿着脚，唤她叔父，她叔父正跟御前大臣一块儿在阳台上散步，读着刚从墨西哥(宗教裁判所最近已经在那地方成立了)来的紧要公文。她大声对她叔父说：“我这个有趣的小矮人生气了，您得叫他起来，要他跳舞给我看。”

他们两个人对望着笑了笑，慢慢地走了进来，唐·彼德洛俯下身去，用他的绣花手套打小矮人的脸颊。他说：“你得跳舞啊，小怪物。你得跳舞啊。西班牙和东印度群岛的公主要娱乐啊。”

可是小矮人连动也不动一下。

“应该找个掌鞭者来敲他一顿，”唐·彼德洛厌烦地说，他便回到阳台上去了。可是御前大臣面带庄容，跪在小矮人的身旁，把一只手按在小矮人的心上。过了一忽儿，他耸了耸肩头，站起来，向着公主深深地鞠了一躬，说道：

“我美丽的公主，您那个有趣的小矮人永不会跳舞了。真可惜，他是这么丑陋，他一定会使国王陛下发笑的。”

“可是他为什么不再跳舞呢？”公主带笑问道。

“因为他的心碎了，”御前大臣答道。

公主皱着眉头，她那可爱的蔷薇叶的嘴唇瞧不起地朝上动了一下。“以后凡是来陪我玩的人都要没有心的才成。”她大声说，就跑出屋子到花园里去了。

打鱼人和他的灵魂

每天晚上年轻的打鱼人出海打鱼，撒下他的网到水里去。

遇到风从陆地上吹来的时候，他便捉不到鱼，或者最多捉到一丁点儿，因为那是一种厉害的有黑翅膀的风，而且巨浪涌了起来迎接它。然而要是风向岸上吹的时候，鱼便从水底浮起，游到他的网里去，他捉住了它们拿到市场上去卖。

每天晚上他出海打鱼，有一晚，他拽网时网重得不得了，他差一点儿没法把网拖到船上来。他笑了，他对自己说："我一定把所有的游鱼全捉到了，不然就是什么讨厌的怪物进了网，那个东西在一般人看来也许是一种珍奇的异物，再不然就是伟大的女王喜欢玩的一种可怕的东西。"他便用尽力气拉粗绳，直拉到他两只胳膊上长长的血管暴起来，就跟盘绕在一个铜花瓶上面的蓝釉条纹一样。他又用力拉细绳，那个扁平软木浮子的圈儿越来越近，最后网就升到水面上来了。

可是里面一尾鱼都没有，也没有怪物，也没有可怕的东西，只有一个小小的人鱼躺在网中酣睡。

她的头发像是一簇簇打湿了的金羊毛，而每一根细发都像放在玻璃杯中的细金线，她的身体像白的象牙，她的尾巴是银和珍珠的颜色。银和珍珠颜色的便是她的尾巴，碧绿的海草缠在它上面；她的耳朵像贝壳，她的嘴唇像珊瑚。冰凉的波浪打着她冰凉的胸膛，海盐在她眼皮上闪光。

她实在太美了，那个年轻的打鱼人一眼看到她，就充满了惊讶、赞叹，他伸出手，将网拉到自己身边，埋下身子，把她抱在怀里。他挨到她的时候，她像一只受了惊的海鸥似地叫出声来就醒了，她用她那紫水晶一般的眼睛惊恐地看他，一面挣扎着，想逃出来。可是他把她抱得紧紧的，不肯放开她。

她看见自己实在无法逃走了，便哭起来，一面说："我求你放我走，因为我是一位国王的独养女，我父亲上了年纪，而且只有一个人。"

可是年轻的打鱼人答道："我不放你走，除非你答应我不论在什么时候，只要我唤你，你就来唱歌给我听，因为鱼喜欢听人鱼的歌声，那么我的网就会装满了。"

"要是我答应了你这个，您真的放我走吗？"人鱼大声说。

"我真的放你走，"年轻的打鱼人说。

她照他所想望的答应了，并且用了人鱼的誓言赌了咒。他松开两只胳膊，她带着一种奇怪的恐惧浑身抖着，沉到水里去了。

每天晚上年轻的打鱼人出海打鱼，他唤人鱼，她便从水中升起，给他唱歌。海豚成群地游到她四周来。野鸥们在她的头上盘旋。

她唱一首很出色的歌。因为她唱的是人鱼们的事情：他们把他们的家畜从一个洞里赶到另一个洞里去，将小牛扛在他们的肩头；她又唱到半人半鱼的海神[1]，他们生着绿色的长须，露着多毛的胸膛，每逢国王经过的时候他们便吹起螺旋形的海螺；她又唱到国王的宫殿，那是完全用琥珀造成的，碧绿的绿宝石盖的屋顶，发光的珍珠铺的地；又唱到海的花园，园中有许多精致的珊瑚大扇整天在扇动，鱼群像银鸟似地游来滑去，秋牡丹扒在岩石上，浅红的石竹在隆起的黄沙中出芽。她又唱到

---

① 即希腊神话中之特赖登，他们下半身似鱼，常吹一种贝壳的喇叭来兴浪或止浪。

从北海下来的大鲸鱼，它们的鳍上还挂着尖利的冰柱；又唱到会讲故事的海中妖女，她们讲得那么好，叫过往的客商不得不用蜡塞住两耳，为的是怕听见她们的故事，会跳进海里淹死；又唱到有高桅杆的沉船，冻僵的水手们抱住了索具，青花鱼穿过开着的舱门游来游去；又唱到那些小螺蛳，它们都是大旅行家，它们粘在船的龙骨上周游了世界；又唱到住在崖边的乌贼鱼，它们伸出它们黑黑的长臂，它们可以随意使黑夜降临。她又唱到鹦鹉螺，她有自己的猫眼石刻出来的小舟，靠着一张绸帆航行；又唱到那些弹竖琴的快乐的雄人鱼，他们能够把大海怪①催睡；又唱到一些小孩子，他们捉住光滑的海豚，笑着骑在它们的背上；又唱到那些美人鱼，她们躺在白泡沫中，向水手们伸出胳膊来；又唱到生着弯曲长牙的海狮，和长着飘动的鬃毛的海马。

她这样唱着的时候，所有的金枪鱼都从水深处浮上来听她的歌声，年轻的打鱼人在它们的四周撒下网捉住了它们，不在网中的那些又被他用渔叉擒住了。他的船上载满了鱼，小人鱼就对他微微一笑，沉到海里去了。

然而她从来不肯走近他，让他挨到她的身子。他常常唤她，求她，可是她不答应；要是他想去捉住她，她立刻就跳进水里去了，快得像海豹一样，并且那一整天他就再也看不到她了。她的歌声在他的耳里听来一天比一天更好听。她的声音是那么美好，他听得连他的网和他的本领都忘记了，他也不去管他的行业了。金枪鱼成群地游过他面前，朱红色的鳍和凸起的金眼非常显明，可是他并没有注意它们。他的渔叉搁在旁边不用了，他那柳条编的篮子也是空空的。他张着嘴，惊异地瞪着眼，呆呆地坐在他的船上倾听，一直听到海雾在他四周升起，浪游的明月将

① 相传斯堪的纳维亚海滨所见的怪物。

他的褐色的四肢染上银白。

一天晚上他唤她，并且对她说："小人鱼，小人鱼，我爱你。让我做你的新郎吧，因为我爱你。"

可是人鱼摇摇她的头。"你有一个人的灵魂，"她答道。"要是你肯送走你的灵魂，我才能够爱你。"

年轻的打鱼人便对自己说："我的灵魂对我有什么用处呢？我不能够看见它。我不可以触摸它。我又不认识它。我一定要把它送走，那么我就会得到很大的快乐了。"于是他发出一声快乐的叫喊，就在漆着彩色的船上立起来，向人鱼伸出他的胳膊。"我要送走我的灵魂，"他大声说，"你就会做我的新娘，我要做你的新郎，我们要一块儿住在海底下，凡是你所歌唱过的你都引我去看，你愿望的事我都要做，我们一辈子永不分离。"

小人鱼快乐地笑出声来，她把脸藏在了手中。

"可是我怎样把我的灵魂送走呢？"年轻的打鱼人大声说。"告诉我要怎样才办得到，是啊，我一定会照办的。"

"啊呀！我不知道啊，"小人鱼说，"我们人鱼族是没有灵魂的。"她带着沉思的样子望望他，就沉下去了。

第二天大清早，太阳从山头升起还不到一掌[①]高，年轻的打鱼人就走到神父的家里去，叩了三下门。

门徒从门洞中往外面看，看见是他，便拉开了门闩，对他说："进来。"

年轻的打鱼人进去了，他跪在地板上铺的清香的灯心草上，向着那

---

①大指尖到小指尖伸开的长度，通常是九英寸。

位正在诵读圣书的神父大声喊着说："神父啊，我爱上一个人鱼了，我的灵魂在阻拦我，不让我随心所欲。请告诉我，要怎样才能够送走我的灵魂，因为我实在用不着它。我的灵魂对我有什么价值呢？我不能够看见它。我不可以触摸它。我又不认识它。"

神父打着自己的胸膛，回答道："唉，唉，你疯了，再不然你就吃了什么毒草了，因为灵魂是人的最高贵的一部分，它是上帝赐给我们的，我们应当把它用到高贵的地方。世间再没有比人的灵魂更宝贵的东西，任何地上的东西都不能跟它相比。把全世界的黄金集在一块儿，才有它那样的价值，它比国王们的红宝石贵重得多。所以，我的孩子，不要再想这件事，因为这是一桩不可饶恕的罪过啊。至于人鱼，他们是无可救药的，什么人跟他们交往，也会是无可救药的。他们就跟那些不分善恶的野兽一样，主并不是为着他们死的啊。"

青年渔人听了神父这番不入耳的严厉的话，眼里充满了泪水，他站起来，对神父说："神父啊，牧神住在树林里，他们很快乐，雄人鱼坐在岩石上弹红金的竖琴，他们也很快乐。我求您，让我也像他们那样吧，因为他们过的日子就跟花的日子一样。至于我的灵魂，要是我的灵魂在跟我所爱的东西中间作梗，那么它对我还有什么好处呢？"

"肉体的爱是淫邪的，"神父皱着眉头大声说，"上帝听任在他的世界中出现的那些邪教的东西都是邪恶的。林中的牧神是该诅咒的，海里的歌者也是该诅咒的！我在夜晚听见过她们的声音，她们想引诱我抛开我的晚课经。她们敲我的窗，大声笑。她们在我的耳边悄声地讲她们那些有毒的欢乐的故事。她们用种种的诱惑来诱惑我，我要祷告的时候，她们却跑来揶揄我。她们是无可救药的，我告诉你，她们是无可救药的了。对于她们既没有天堂，也没有地狱，更不会让她们到天堂或地狱里面去赞美上帝的名字。"

“神父啊，”年轻的打鱼人叫喊道，“您不知道您说的什么。有一天我下网捉住了一位国王的女儿。她比晨星还要美，比月亮还要白。为了她的肉体我甘愿舍掉我的灵魂，为了她的爱我甘愿放弃天国。我求您的事，请您告诉我吧，让我平安地走回去。”

“去！去！”神父叫道，“你的情妇是无可救药的了，你也会跟着她弄到无可救药的地步。”神父不给他祝福，却把他赶出门去。

年轻的打鱼人从神父那里出来便走到市场去，他走得很慢，埋着头，好像有什么忧愁似的。

商人们看见他走来，便低声交谈，其中一个人走到他面前，唤他的名字，对他说：“你要卖什么东西？”

“我要把我的灵魂卖给您，”他答道，“我求您把它给我买去吧，因为我讨厌它。我的灵魂对我有什么用处呢？我不能够看见它。我不可以触摸它。我也不认识它。”

可是商人们拿他开玩笑，对他说：“人的灵魂对我们有什么用处？它连半个破银元也不值。把你的身体卖给我们做奴隶吧，我们给你穿上海紫色的衣服，在你手指头上戴一个戒指，把你拿去给伟大的女王做弄臣。可是不要再提你的灵魂，因为它对我们毫无用处，而且一文不值。”

年轻的打鱼人便对自己说：

“这是一件多么奇怪的事！神父对我说，灵魂的价值比得上全世界的黄金，商人们却说它不值半边破银元。”

他出了市场走下海边去，他坐在那里沉思他究竟应该怎样做。

到了正午他记起来他一个同伴（那是一个采集伞形草的）曾经对他讲过，有一个年轻的女巫，住在海湾头一个洞窟里，她的巫术十分高明。他便站起来跑去找她，他非常着急地要弄掉他的灵魂，他沿了海边沙滩跑着，在他后面扬起一股尘雾。那个年轻的女巫由于自己手掌发痒知道他走来了，她笑着，把她一头红发散开来。她站在洞口等他，她的红头发长长地垂在她四周，她手里拿着一枝正在开花的野毒芹。

他气咻咻地跑上悬崖来向她俯身行礼的时候，她大声问道：“你缺少什么呢？你缺少什么呢？你是要在逆风的时候鱼进你的网来么？我有一支小芦管，只要我吹起它来，鲻鱼就会游进海湾里来的。可是这有个代价，漂亮的孩子，这有个代价。你缺少什么呢？你缺少什么呢？你是要风暴打翻船，好把珠宝箱子给冲到岸上来么？我有的风暴比风有的还多，因为我所伺候的主人比风更有力，用一个筛子和一桶水我就能够把大船送到海底去。可是我要个代价，漂亮的孩子，我要个代价。你缺少什么呢？你缺少什么呢？我知道有株花生在山谷里，就只有我一个人知道它。它的叶子是紫色的，有一颗星长在花心，它的汁像牛奶一样的白。要是你用花去挨王后的坚贞的嘴唇，她就会跟随你走到天涯海角。她会从国王的床上起来，跟着你走遍全世界。但这有个代价，漂亮的孩子，这有个代价。你缺少什么呢？你缺少什么呢？我能够把蟾蜍拿来在研钵中捣碎，将粉末做成羹，用一只死人的手去搅拌它。等你的仇人睡着的时候，把羹洒在他身上，他就会变成一条黑黑的毒蛇，他自己的母亲会将他杀死。我能够用一个轮子把月亮从天上拉下来，我可以拿一块水晶让你在那里面看见死。你缺少什么呢？你缺少什么呢？告诉我你要什么，我就会把它给你，你得偿给我一个代价，漂亮的孩子，你得偿给我一个代价。”

“我要的只是一件小事，”年轻的打鱼人说，“然而神父却跟我生气，把我赶出来。这只是一件小事，商人们都拿我开玩笑，拒绝了我。所以我才来找你，不管人们都说你是坏人，并且不论你要的代价是什么，我要付给你。”

“那么你要做什么事呢?”女巫走到他跟前，问他。

“我要送走我的灵魂，”年轻的打鱼人答道。

女巫的脸色马上发白，她浑身发抖，把她的脸藏在她的青色大氅里边。“漂亮的孩子，漂亮的孩子，”她喃喃地说，“那是一桩可怕的事情啊。”

他摇了摇他的棕色鬈发，笑起来。他回答道，“我的灵魂对我毫无用处。我不能够看见它。我不可以触摸它。我也不认识它。”

“要是我告诉了你，那么你给我什么呢?”女巫用她那美丽的眼睛望着他，问道。

“五个金元，”他说，“还有我的网，我住的树条编的房子，我用的那只漆着彩色的船，只要你告诉我怎样去掉我的灵魂，我就把我所有的东西全给你。”

她嘲弄地笑他，又拿她手里那枝毒芹去打他。“我能够把秋天的树叶变成黄金，”她答道，“只要我肯，我就能把苍白的月光织成银子。我所伺候的主人比世界上一切的国王都阔，他的领土有他们全体的那么大。”

他叫起来:“倘使你的代价既不是金子，又不是银子，那么我得给你什么呢?”

女巫用她那纤细的白手抚摸他的头发。“你一定得跟我一块儿跳舞，漂亮的孩子，”她喃喃地说，一面对他微笑。

“就只有那样吗?”年轻的打鱼人惊奇地大声说，他站了起来。

“就只有那样，”她答道，她又向他微笑。

他说:“那么等到太阳落下去的时候，我们就找一个秘密地方一块儿跳舞，跳过舞，你就得告诉我，我要知道的那件事。”

她摇她的头。“等到月亮圆的时候，等到月亮圆的时候，”她喃喃地说。随后她向四周张望一下，又侧耳倾听一忽儿。一只青鸟唧唧地叫着从巢里飞起来，在沙丘上空打圈子，三只有斑点的小鸟在灰色的野草丛中跳着，发出沙沙的声响，它们在低声讲话。此外就只有海浪在冲洗下边光滑石子的声音。她便伸出她的手，拉他到她身边来，把她的干嘴唇放在他耳边。她低声说：

"今天晚上你一定得到山头来。今天是安息日，'他'要来的。"

年轻的打鱼人吃了一惊，他望着她，她露出她的白牙齿笑着。"你说的'他'是什么人？"

"你不用管，"她答道。"今晚上你去站在鹅耳枥树下等着我来。要是有只黑狗向着你跑来，你用一枝柳条去打它，它就会跑开的。要是有只猫头鹰跟你讲话，你不要答它。等到月亮圆的时候，我就会跟你在一块儿，我们在草地上一块儿跳舞。"

"可是你肯对我发誓，你一定告诉我，怎样送走我的灵魂吗？"他发问道。

她走到大太阳下面去，风微微吹动她的红头发。"我拿山羊蹄子来起誓，"她答道。

"你是女巫里面最好的，"年轻的打鱼人大声说，"我今晚上一定要跟你在山头上跳舞。说实话，我倒愿意你向我要金要银呢。不过你要的代价既然是这样，你就会得到的，因为这只是一件小事。"他向她脱帽，深深地点一个头，满心欢喜地跑回城里去了。

女巫目送着他的背影，等到他不见了的时候她才回到她的洞里去，她从一个雕花的杉木匣子里面拿出一面镜子来放在架上，在架子面前一块燃红的木炭上烧起马鞭草来，于是从烟圈中去望镜子。过了一忽儿她气愤地捏紧拳头。"他应当是我的，"她喃喃地说，"我跟她一样地好看。"

那天晚上，月亮升起以后，年轻的打鱼人便爬到山顶上去，站在鹅耳枥树枝下面。圆形的海像一面磨光的金属的盾似地横在他的脚下，在小海湾中移动着渔船的影子。一只大猫头鹰长着一对硫磺般的黄眼睛，在唤他的名字，可是他并不答应。一条黑狗向着他跑来，对他狂叫。他用一枝柳条去打它，狗汪汪地哀号着走开了。

到了半夜女巫们蝙蝠似地从空中飞来了。她们落到地上的时候，马上叫起来："呸！这儿有个生人！"她们用鼻子到处嗅着，彼此交谈着，又做着暗号。最后那个年轻的女巫来了，她的红头发在空中飘动。她穿一件金线衣裳，上面绣了许多孔雀的眼睛，一顶绿色天鹅绒的小帽戴在她的头上。

女巫们看见她的时候，她们尖声叫起来："他在哪儿？他在哪儿？"但她只是笑了笑，她跑到鹅耳枥树那儿，拉起打鱼人的手，把他带到月光里，开始跳起舞来。

他们不停地转来转去，年轻的女巫跳得那么高，他可以看见她那对深红色的鞋跟。于是一阵马蹄声迎着跳舞的人们冲过来，这是一匹马快跑的声音，可是他看不见马，他害怕起来了。

"更要快，"年轻女巫叫道，她把胳膊挽在他的颈项上，她的气息热热地挨到他的脸。"更要快，更要快！"她叫道，地好像在他的脚下旋转起来，他觉得头晕，他忽然感到一种大的恐惧，仿佛有什么凶恶的东西在望着他似的，后来他看见在一块岩石的阴影下面有一个人，可是先前并没有人在那个地方。

那是一个男人，穿一身黑天鹅绒衣服，是照西班牙样式剪裁的。他的脸色苍白得很古怪，可是他的嘴唇却像一朵骄傲的红花。他好像很疲倦，身子向后靠着，没精打采地玩弄着他的短剑的剑柄。在他身旁草地上放着一顶装饰着羽毛的帽子，还有一副骑马的手套，镶着金边，并且缝了珍珠在上面，设计非常巧妙。一件黑貂皮里子的短上衣挂在他的肩上，他一双纤细洁白的手上戴满了指环，重重的眼皮垂在他的眼睛上。

年轻的打鱼人呆呆地望着他，就好像中了魔法似的。后来他们两个人的眼睛对上了，不管他跳舞到什么地方去，他总觉得那个人的眼睛在盯着他。他听见年轻的女巫在笑，便搂紧了她的腰，带着她疯狂地旋转。

忽然间一条狗在树林里叫起来，跳舞的人全停止了，她们两个两个地走过去，跪下，吻那个人的手。她们这样做的时候，小小的微笑便挨到他的骄傲的嘴唇，就像一只小鸟的翅膀挨着水，使得水发笑一样。可是他的微笑中含得有轻蔑的意味。他还是不停地望着年轻的打鱼人。

“来！我们也去礼拜去，”年轻的女巫悄声说，她拉着他过去。他忽然有了一个强烈的欲望，愿意去做她求他做的事，他便跟着她过去。可是等他走近的时候，他自己也不知道为了什么缘故，他在胸上画了一个十字，并且唤了圣名。

他刚刚这样做了，女巫们立刻像老鹰似地尖叫起来，飞走了，而那张老是望着他的苍白脸孔上也起了痛苦的痉挛，那个人走到一个小树林去，吹起口哨。一匹戴着银辔头的小马跑来接他。他跳上了马鞍，还回转头来忧愁地望望年轻的打鱼人。

那个红头发的女巫也想飞走，可是打鱼人捉住她的手腕，紧紧地捏着。

“放开我，”她叫道，“让我走吧。因为你说了不应该说的名字，做了我们不可以看的记号。”

“不，”他答道，“除非你把秘密告诉我，我就不放你走。”

“什么秘密呢？”女巫说，她像一头野猫似地跟他挣扎，一面咬着她那在冒泡沫的嘴唇。

“你知道的，”他回答。

她那草绿色的眼睛被泪水弄暗了，她对打鱼人说：“你向我要什么都可以，只是不要提这个。”

他笑着，把她捏得更紧了。

她看见她跑不掉了，便悄悄地对他说：“实在说，我跟海的女儿一样地好看，我跟那些住在碧海里的姑娘一样地漂亮，”她说着便向他献媚，把她的脸挨在他的脸上。

可是他皱着眉头把她推开，对她说：“要是你不遵守你给我的诺言，我就要把你当做一个假的女巫杀死。”

她的脸立刻变成灰色，像一朵洋苏木的花一样，浑身战抖起来。“好，就那样吧，”她喃喃地说。“这是你的灵魂，又不是我的。你高兴怎样就怎样办吧。”她从她的腰带里拿出一把有着绿蛇皮刀柄的小刀来，给了他。

“这东西对我有什么用处呢？”他惊奇地向她道。

她沉默了一忽儿，脸上现出了恐怖的表情。随后她把她垂下的头发从前额抹上去，她带着古怪的微笑对他说：“人们所谓身体的影子，并不是身体的影子，却是灵魂的身体。你把背朝着月亮站在海滩上，从你双脚的四周切开你的影子，那就是说你的灵魂的身体，你再叫你的灵魂离开你，它就会照你的话做的。”

年轻的打鱼人打起颤来。“这是真的吗？”他低声说。

“这是真的，我倒宁愿不曾告诉你啊，”她大声说，就抱住他的双膝哭起来。

他推开她，让她留在繁茂的草丛中，他把小刀放在腰带里，走到了山边，便爬下去。

他的灵魂在他的身体内唤他，对他说：“喂！我跟你同住了这许多年，又做了你的用人。现在不要把我赶走吧，我对你做过什么坏事呢？”

年轻的打鱼人笑起来，他答道：“你并没有对我做过什么坏事，不过我现在用不着你了。世界大得很，有天堂、也有地狱，还有在这两者之间的那所昏暗不明的房子。你高兴去哪里就去哪里，可是不要来麻烦我，因为我的爱人现在在唤我。”

他的灵魂向他苦苦地哀求，但是他并不理它，他只顾一个岩一个岩地跳过去，脚步轻快得像一头野山羊，最后他到了平地，到了黄沙的海滩。

他站在沙滩上，背朝着月亮，他有着青铜色的四肢和结实的身材，看起来就跟一座希腊人雕塑的像一样，从海的泡沫里伸出好些只雪白的胳膊来招呼他，从海的波浪中站出好些个朦胧的人形来对他行礼。在他的前面躺着他的影子，那就是他的灵魂的身体，在他的后面蜂蜜色的空中挂着一轮明月。

他的灵魂对他说：“倘使你真要赶走我的话，你一定得在我走之前给我一颗心。这个世界是残酷的，把你的心给我一块儿上路吧。”

他摇摇头微笑。“要是我把我的心给了你，我拿什么去爱我的爱人呢？”他大声说。

“你存点好心吧，”他的灵魂说，“把你的心给我，这个世界太残酷了，我害怕。”

“我的心是属于我的爱人的，”他答道，“你不要耽搁了，走你的！”

“难道我就不应该爱吗？”他的灵魂问道。

“走你的，因为我用不着你了，”年轻的打鱼人不耐烦地叫起来，他拿出那把带绿蛇皮刀柄的小刀从他双脚的四周把他的影子切开了，影子站起来就立在他面前，望着他，它的相貌跟他完全一样。

他向后退，把小刀插进他的腰带里去，他感到了恐惧。“走你的，”他喃喃地说，“不要让我再看见你的脸。”

“不，我们一定要再见的，”灵魂说。它的声音很低，又好像笛声一样，它说话的时候，它的嘴唇仿佛就没有动似的。

“我们怎么会再见呢？”年轻的打鱼人大声说。“你不会跟着我到海底下去吧？”

“我每年要到这儿来一次，来唤你，”灵魂说。“也许你会用得着我。”

“我用你来做什么呢？”年轻的打鱼人大声说，“不过随你的便吧，”他说完就钻进水里去了，那些半人半鱼的海神吹起他们的号角，小人鱼便浮上来迎他，伸出她的两只胳膊抱住他的颈项，吻他的嘴。

灵魂站在寂寞的海滩上，望着他们。等他们沉到海里去了以后，它就哭哭啼啼地穿过沼地走了。

一年过完了，灵魂回到海边来，唤着年轻的打鱼人，他从海底浮上来，对它说：“你唤我做什么？”

灵魂回答道：“走近一点，我好跟你讲话，因为我看见了好些奇奇怪怪的东西。”

他便走近一点，蹲在浅水里，用手托着头静静地听着。

灵魂对他说：“我离开你以后，便转过脸向东方旅行。一切聪明的事物都是从东方来的。我走了六天，在第七天的早晨我到了一座小山下面，那是鞑靼人国境内的山。我坐在一棵柽柳树的荫下躲避太阳。地是干的，而且热得烫人。人们在平原上不断地来来往往，就像苍蝇在打磨得很光的铜盘子上面爬来爬去一样。

“在正午时候，地平线上扬起一股红沙尘的云烟来。鞑靼人看见了，便张起他们的画弓，跳上他们的小马，朝着那儿跑去。女人们尖声叫着跳进大车里，躲藏在毛帘子后边。

“到了黄昏时候，鞑靼人回来了，可是他们中间少了五个人，就是回来的人里面受伤的也不少。他们把马套在大车上，急急忙忙地赶着车子走了。三只胡狼从洞里出来，在后面望着他们。它们用鼻孔吸了几口气，便朝相反的方向走开了。

“在月亮升起来的时候，我看见平原上燃起了营火，便朝那儿走去。一群商人围着火坐在毡上。他们的骆驼拴在他们后面的桩上，服侍他们的黑奴们正在沙地上搭起熟皮帐篷，还用霸王树[①]做了高高的围墙。

“我走近他们的时候，商人中间的头领站起来，抽出他的刀，问我来干什么。

“我回答说：我是我自己国里的一个王子，鞑靼人要拿我做他们的奴隶，我逃了出来。头领微微笑了，他指给我看挂在长竹竿上的五个头颅。

“然后他又问我谁是上帝的先知，我回答他说穆罕默德。

“他听见了假先知的名字，便深深地鞠躬，拿起我的手，叫我坐在他的身边。一个黑奴拿木盆盛了一点儿马奶给我送来，还拿来一块烤小羊肉。

“天刚刚亮，我们便动身了。我骑在一匹红毛骆驼上，在头领的旁边慢慢地走着，一个‘跑前站的’擎着一根长枪跑在我们前面。战士们

①仙人掌的一种。

在两边走，骡子驮着商货跟在后面。这个商队里一共有四十匹骆驼，骡子的数目却有两个四十。

“我们从鞑靼人的国土走进了诅咒月亮的人的国境。我们看见鹰狮[①]在白岩石上看守它们的黄金，有鳞甲的龙在它们的洞穴里酣睡。我们走过山上的时候，大家都不敢吐气，恐怕雪会落在我们的身上，各人的眼睛上都绑了一条纱帕。我们穿过山谷的时候，矮人们躲在大树窟窿里用箭射我们，夜晚我们还听见野人擂鼓。我们到猴塔的时候，我们在猴子面前放了些果子，它们便没有伤害我们。我们到蛇塔的时候，我们用铜碗盛了热牛奶给蛇喝，蛇便放我们平安地过去。我们在路上有三次到过奥古萨斯河[②]岸边。我们坐在拴着吹胀了的大皮口袋的木筏上渡过河去。河马气冲冲地朝着我们，它们想把我们弄死。骆驼看见它们，就打颤。

“每个城的王都向我们征收过境税，却不许我们走进他们的城门。他们从城墙上丢下面包来给我们，还有小的蜂蜜玉麦糕和大枣馅的细面饼。每一百个篮子的东西换我们一颗琥珀珠子。

“乡村里的人看见我们走近，就在井里放下毒药，自己逃到山顶去了。我们同马加代人打了仗，那种人生下来是老人，却一年比一年地越长越年轻，长到小孩的时候就死了；我们又同拉克土伊人打了仗，那种人说自己是老虎的儿子，把浑身涂成黄黑两种颜色；又同奥南特人打了仗，那种人把死人埋在树顶上，自己却住在黑洞里，为的是害怕太阳（那是他们的神）会杀死他们；又同克林尼安人打了仗，那种人崇拜一只鳄鱼，给它戴上了绿玻璃耳环，还拿牛油和鲜鸡去喂它；又同长着狗

① 鹰头、鹰翼、狮身的怪兽。
② 奥古萨斯河，即今之阿姆河，在中亚细亚。

脸的阿加中拜人打了仗；又同长着马脚的西班人打了仗，他们跑得比马还快。我们商队里有三分之一的人战死了，另外三分之一的人饿死了。剩下的人都抱怨我，说我给他们带来了厄运。我从一块石头底下捉到一条有角的毒蛇，让它刺我。他们看见我没有病痛，都害怕了。

“在第四个月，我们到了伊勒尔城。我们走到城外小树林的时候，已经是夜晚了，空气十分闷热，因为月亮到天蝎宫里旅行去了。我们从树上摘下熟了的石榴，剖开它们喝它们的甜汁。然后我们躺在毡上等待天明。

“天一亮，我们就站起来，叩城门。城门是用红铜铸的，上面刻着海龙和飞龙。守城人从城垛上看下来，问我们来干什么。商队的通译人说，我们是从叙利亚带了许多商货来做生意的。他们向我们要了几个人质，然后告诉我们，正午给我们开城门，叫我们等到那个时候。

“正午他们果然开了城门，我们走进去的时候，人们成群地从房屋里跑出来看我们，一个市集通告人吹着海螺到城内各处去通知。我们站在市场上，黑奴们解开花布包，打开雕花的枫木箱。等他们做完了他们的事情，商人们便摆出他们的珍奇的货物来，有埃及的涂蜡的麻布，有埃塞俄比亚国内来的花布，有推罗[①]的紫色海绵，有西顿[②]的蓝色帷幔，有冰凉的琥珀杯子，有上等的玻璃器和珍奇的陶器。某一处房屋的屋顶上有一群女人埋下眼光望着我们。其中有一位戴着一副镀金的皮面具。

“第一天是僧侣们来跟我们交易，第二天是贵族，第三天是匠人同奴隶。凡是商人耽搁在这个城里的时候，他们对待商人的规矩总是

① 推罗，海港城市，古腓尼西亚首都，今属叙利亚。
② 古西顿城即今元赛伊达，黎巴嫩西南部港市。

这样。

“我们在这儿耽搁了一个月，月缺的时候，我觉得无聊，便在城内各处街上闲荡，我走到了本城神的花园里面。僧侣们披着黄袍默默地穿过绿树丛中，在黑色大理石铺砌的地上有一座玫瑰红的神庙。门是上过金漆的，上面凸出来灿烂的金铸的公牛和孔雀。房顶是用海绿色瓷瓦盖的，伸出的屋檐上挂着小铃子。每当白鸽飞过的时候，它们用翅膀打着铃，叫铃子叮当地响起来。

“庙前有一个条纹玛瑙修的净水池。我躺在池子旁边，用我的苍白的手指摩着那些宽大的树叶。一个僧侣朝着我走来，站在我背后。他脚上穿着草鞋，一只是软蛇皮做的，另一只用鸟的羽毛做成。他头上戴一顶黑毡的僧帽，帽上装饰了一些银的新月。他的袍子上绣着七道黄色，他鬈曲的头发上抹着锑粉。

“过了一忽儿他便跟我讲起话来，他问我要什么。

“我告诉他我要拜见神。

“僧侣用他那对小小的斜眼睛奇怪地望着我，他说：‘神在打猎。’

“我答道：‘告诉我，在哪一个林子里，我要陪他一块儿跑马。’

“他用他那又长又尖的指甲理顺袍子边上细软的流苏。他喃喃地说：‘神在睡觉。’

“我答道：‘告诉我，在哪一张床上，我要去守护他。’

“他大声说：‘神在开宴会。’

“我回答：‘倘使酒是甜的，我要和他同饮，倘使酒是苦的，我也要和他同饮。’

“他惊奇地埋下头，拉着我的手，把我拉起来，领我进庙里去。

“在第一间屋子里我看见一尊偶像坐在用东方大明珠镶边的碧玉宝座上。这尊偶像是用乌木雕成的，身材跟常人的一样大小。前额上有一块红宝石，浓的油从它的头发上滴下来，一直滴到腿上。它的双脚用新杀的小山羊的血染得鲜红，腰间束着一根铜带，带上嵌了七颗绿柱玉。

“我对那个僧侣说：‘这就是神吗？’他回答我：‘这就是神。’

“我大声喊道：‘引我去见神，不然我一定要杀死你。’我摸他的手，他的手立刻就干瘪了。

“僧侣哀求我说：‘请主人把他的仆人治好吧，我就要引他见神去。’

“我便吹一口气到他那只手上，他的手又长好了，他浑身发颤，就把我领到第二间屋子里去，我看见一尊偶像立在一朵翡翠的莲花上面，莲花四周悬垂了好些大的绿宝石。这尊偶像是用象牙雕成的，身材比常人的大过一倍。前额上有一块黄玉，胸前涂着没药和肉桂末。它一只手拿着一根弯弯的翡翠王节，另一只手里捏着一块圆圆的水晶。脚上穿的是黄铜的靴子，在它的粗的颈项上套了个透明石膏的圈子。

“我对那个僧侣说：‘这就是神吗？’他回答我说：‘这就是神。’

“我大声喊道：‘引我去见神，不然我一定要杀死你。’我摸他的眼睛，他两只眼睛都瞎了。

“僧侣哀求我说：‘请主人把他的仆人治好吧，我就要引他见神去。’

“我便吹一口气到他的眼睛上，他那两只眼睛立刻就看见了，他又浑身发颤，把我引进第三间屋子，啊！这间屋子里面并没有偶像，也没有任何种类的画像，就只有一面圆圆的金属镜子放在一个石头祭坛上。

“我对僧侣说：‘神在哪儿？’

“他回答我道：‘我们并没有神，就只有您看见的一面镜子，因为这是“智慧镜”。它把天上地下的一切的东西都反映出来，只有那个向镜子里面看的人的脸它才不反映。它不反映这个，所以向镜子里面看的人就可能是聪明的。世间有许多别的镜子，不过那都是“意见镜”。只有这个才是“智慧镜”。有这面镜子的人什么事都知道，没有一件事情能够瞒过他。没有这面镜子的人就没有“智慧”。因此它便是神，我们都拜它。’我听了这番话，朝镜子里一看，果然跟他对我说的一样。

“我做了一件奇怪的事，不过我做的也算不了什么，因为我把‘智慧镜’藏了起来，藏在离这个地方一天路程的一个山谷里面。我只求你允许我再进到你身体里去，做你的仆人，那么你就会比一切聪明的人都更聪明，‘智慧’也就属于你的了。我求你允许我进你的身体里去，那么你就是世界上最聪明的人了。”

可是年轻的打鱼人笑了。“爱比‘智慧’好，”他大声说，“而且小鱼人爱我。”

“不，世界上并没有比‘智慧’更好的东西，”灵魂说。

“爱更好，”年轻的打鱼人答道，他便沉到海底去了，灵魂哭哭啼啼地穿过沼地走了。

第二年过完了，灵魂又回到海边来，唤着年轻的打鱼人，他从海底浮上来，对它说：“你唤我做什么？”

灵魂回答道：“走近一点，我好跟你讲话，因为我看见好些奇奇怪怪的东西。”

他便走近一点，蹲在浅水里，用手托着头静静地听着。

灵魂对他说：“我离开你以后，我就转过脸向南方旅行。一切宝贵的东西都是从南方来的。我顺着上爱席脱城的大路走了六天，我顺着进香人平常走的尘土飞扬的红色大道走着，第七天的早晨我抬起眼睛，看啊！城就在我的脚下，因为它在山谷里面。

“这座城有九道门，每一道城门前立着一匹青铜马，每当贝都因人①从山上下来的时候，九匹马便齐声长嘶。城墙用铜皮包镶着，城墙上的守望塔是用黄铜作屋顶的。每一个守望塔中站着一个手里拿弓的射手。日出的时候他用一根箭敲铜锣，日落的时候他吹号角。

“我想进城去，守城人拦住我问我是什么人。我回答说我是一个回教的僧侣，要到麦加②城去，那儿有一幅绿色帐幔，幔上有天使们用银字绣成的《古兰经》。他们听见我的话，充满了惊奇，便请我进城去。

“城里就好像是一个商场。你的确应当跟我一块儿去的。华丽的纸灯笼像许多只大蝴蝶似地在那些窄狭的街上飘舞。风吹过屋顶的时候，它们一起一落，好像是一些五颜六色的肥皂泡。商人们坐在他们的货摊前的丝毯上。他们长着笔直的黑胡子，他们的头帕用金币③作装饰，长串的琥珀和刻花桃核在他们的冰凉的手指中间滑来滑去。他们里面有的人卖枫脂香和甘松香，还有从印度海的岛屿上来的珍奇的香水，浓浓的红玫瑰油，没药和小钉形的丁香。要是有人站住跟他们谈话，他们便把一撮一撮的乳香投在炭火盆里，使四周的空气变香。我看见一个叙利亚人手里拿着一根像芦苇似的细棒。棒头上升起灰色的烟丝，棒燃着的时候气味就跟春天里淡红扁桃的气味一样。有的人卖着上面镶满了乳蓝色土耳其玉的银手镯，和用铜丝串的小珍珠踝环，还有镶了金座子的老虎爪，和金黄猫（就是豹子）的脚爪，也是镶了金座子的，还有穿了眼的绿宝石耳环，和中间空的翡翠戒指。从茶馆里传出来的六弦琴的声音，抽鸦片烟的人带了他们苍白的笑颜望着行人。

“你实在应当跟我一块儿去的。卖酒的人肩头扛着黑色大皮篓，在

① 贝都因人，阿拉伯人的一支，散居北非、阿拉伯半岛和叙利亚。
② 麦加，穆罕默德的诞生处，回教的发源地。
③ 指威尼斯的古金币。

人群中用肘拐挤开路。他们大半都卖‘西拉兹酒’[1]，那种酒甜得像蜂蜜一样。他们用金属杯子盛着酒卖给顾客，再把玫瑰花瓣铺在上面。市场里站着卖水果的，他们卖着各色各样的水果，熟透的无花果带着受伤的紫色鲜肉，甜瓜像麝香一般的香，像黄玉一般的黄。香橼，番石榴，一球一球的白葡萄，圆圆的金红橘子，椭圆的金绿柠檬。有一次我看见一匹大象走过。它身上涂着银朱和姜黄，它耳朵上戴了个朱红丝线网子。它在一个货摊前面站住，吃起橘子来，那个卖水果的人只是笑着。你想不到他们是多么古怪的一种民族。他们高兴的时候他们到卖鸟人那儿去买一只养在笼里的鸟，开笼把鸟放走，这样他们可以更高兴一点；他们不快活的时候，他们用荆棘鞭打他们自己，免得他们的忧愁消减。

“一天傍晚我遇见几个黑人抬着一乘沉重的轿子走过商场。轿子是用镀金的竹子做的，轿杆漆成了朱红色，上面装饰着黄铜的孔雀。轿窗上挂着薄薄的纱帘，窗帘上绣着些甲虫翅膀和小粒珍珠，轿子走过的时候一个脸色苍白的塞加西亚[2]女人从轿里往外望，对着我微笑。我跟在后面，黑人们便加快脚步，皱起眉头来。可是我并不去管它。我觉得我让一种大的好奇心抓住了。

“最后他们在一所四方形的白屋前面停下来。这所房屋没有窗户，就只有一道墓门似的小门。他们放下轿子，用一个铜锤敲了三下门。一个穿绿皮长袍的亚美尼亚[3]人从门洞里往外张望一下，他看见他们，便把门打开了，还铺了一张毯子在地上。那个女人走出轿来。她进门去的

---

① 西拉兹，本来指龙河沿岸培养的一种红葡萄苗，这里所说西拉兹酒不知是否即指红葡萄酒。

② 塞加西亚，在高加索山脉的北方。

③ 亚美尼亚，在亚洲西部。

时候，还回过头来，再对我一笑。我从没有见过像这样苍白的人。

“月亮出来的时候，我回到那个地方去，找寻那所房屋，可是房屋已经没有了。我看见这情形，我便知道那个女人是谁，而且为什么她向我微笑。

“你确实应当跟我一块儿去。在‘新月节’，年轻的皇帝从他的宫里出来到庙里去祷告。他的头发和胡须都是用玫瑰花瓣染红的，他的脸颊上擦了极细的金粉。他的手掌和脚心都用番红花染成了黄色。

“日出的时候他穿着银袍从宫里出来，日落的时候他穿着金袍回去。百姓们都跪在地上把脸藏起来，可是我不这样做。我站在一个卖枣子的货摊旁边等待着。皇帝看见了我，便扬起他那画过的眉毛，站住了。我静静地直立在那儿，也不向他跪拜。百姓们对我的大胆都表示惊讶，都劝我逃出城去。我不理他们。我却走到那些出卖外教神像的人那儿去，跟那班人坐在一块儿，那班人由于他们的行业在这儿是受到人们厌恶的。我告诉他们我做过了什么事情，他们每个人都给我一个神像，请我离开他们。

“当天夜晚我正躺在石榴街那家茶馆里的垫子上面，皇帝的卫士便走进来，把我带到宫里去。等我进去以后，他们一道门一道门接连地关上了，并且加了锁。里面有一个大院子，四面环绕着一带拱廊。墙是用白色雪花石膏做的，有些地方嵌着蓝色和绿色的花砖。柱子是绿色大理石的，铺地的是一种桃花色的大理石。我从没有见过像这样的东西。

“我跨过院子的时候，有两个戴面纱的女人从露台上望下来，一面在咒骂我。卫士们急急地走着，他们的矛头在擦磨得光亮的地板上不停地发响。他们打开了一道精致的象牙门，我便走进一个有七个花坛的带水的花园了。园里种的是郁金香，牛眼菊，银色点点的芦荟。一股喷泉在阴暗的空中悬垂着仿佛一根细长的水晶棒。柏树就像燃过了的火把。在一棵柏树上有一只夜莺在唱歌。

“花园的尽头有一座小小的亭子。我们走近那儿，两个太监出来迎接我们。他们走起路来，肥胖的身子一直在颤摇，他们用那黄色眼皮的眼睛好奇地望着我。其中的一位把卫士长拉在一边，小声在他耳边说了一些话。另一位太监装腔作势地从一个淡紫色珐琅的椭圆形盒子中拿出些香锭来细嚼着。

“过了一忽儿卫士长把卫士们遣散了。卫士们便回到宫里去，两个太监慢慢地跟在后面，他们一边走，一边从树上摘下甜的桑果来吃。有一回那个年纪较大的太监回过头来，怀着恶意地对我微笑。

“然后卫士长向我示意，要我走进亭子里去。我毫不胆怯地走上前，拉起那幅重重的帘子进去了。

“年轻的皇帝躺在染了色的狮皮榻上，手腕上栖着一只白隼。在他背后站着一个头戴铜帽的努比亚[①]人，腰以上完全裸着，两只穿了洞的耳朵上挂着一副沉重的耳环。榻旁边一张桌子上放了一把弯弯的大钢刀。

“皇帝看见我，便皱起眉头对我说：‘你叫什么名字？你不知道我是这座城的皇帝吗？’可是我不回答他。

“他用手指头指着钢刀，那个努比亚人拿起它来往前一冲，对着我的身子用力砍下去，刀锋飒飒地从我身上穿过，但是我没有受到一点伤。那个人扑倒在地上，他再立起来的时候，他吓得牙齿直打颤，躲到榻后面去了。

“皇帝马上跳起来，从武器架上拿起一根长矛，向我掷过来。我接住了它，把矛杆折成两段。他又用箭射我，可是我举起手，箭就在半空

---

①努比亚，在非洲近红海地方，努比亚人也是黑人的一种。

中停住了。他随后从一根白皮带里抽出一把短剑，刺进努比亚人的咽喉，他害怕努比亚人会说出他丢脸的事情。那个人像一条给人践踏了的蛇似地把身子猛扭几下，从他的嘴唇里冒出红色的泡沫来。

“那个人一死，皇帝又转向着我，用一方镶花边的紫绸小巾揩去了额上一颗颗亮晃晃的汗珠，对我说：‘你是一个我不应当伤害的先知呢，还是一个我不能加害的先知的儿子？我求你今晚上离开我这座城，因为有你在这里，我就不再是一城之主了。’

“我回答他道：‘把你的财宝分我一半，我就走。把你的财宝分一半给我，我就走开。’

“他拿起我的手，把我引进花园里去。卫士长看见我，他吃了一惊。太监们看见我，他们的膝头打起颤来，他们吓得跪倒在地上。

“宫里有一间屋子，有着八面墙壁，都是红云斑石造的，天花板上包了一层铜皮，悬着一些灯。皇帝伸手去摸某一面墙，那面墙就开了，我们走了进去，里面是一条长廊，廊上燃了许多支火炬。廊两旁都是壁龛，每个龛里放着大酒缸，缸里银元装得满满的。我们到了走廊中央的一段，皇帝说了句平时不可以说的话，一道装得有暗弹簧的花岗石门马上弹开了，他用手遮住他的脸，恐怕会弄花他的眼睛。

“你不会相信这是个多么奇妙的地方。大的龟壳里满满的装着珍珠，中间空的大型月长石内堆满了红宝石。黄金藏在象皮箱中，金粉盛在皮酒瓶内。还有猫眼石和青玉，猫眼石放在水晶杯里，青玉盛在翡翠杯内。圆圆的绿柱玉整整齐齐地排列在薄薄的象牙碟子上面，一个角落里堆着些绸口袋，有的袋里装满绿松石，有的袋里满是绿玉。象牙角杯中满满堆着紫玉英，黄铜角杯中满满堆着玉髓和红玉髓。杉木柱子上挂着成串的黄山猫石。扁平的椭圆形盾牌上堆着红玉，有的像葡萄酒的颜色，有的却跟草的颜色一样。我对你说了这许多，还不过是那儿有的十分之一呢。

“皇帝把手从脸上拿开，他对我说：‘这是我的宝库，这里面有的东西一半归你，就照我答应你的那样办。我还要送给你骆驼和赶骆驼的人，他们会听你的吩咐，把你那份财宝带到你想去的任何地方。这件事情今晚上就要办好，因为我不愿意让太阳（那是我的父亲）看见我的城里有一个我不能杀死的人。’

“可是我答道：‘这儿的黄金是你的，白银也是你的，贵重的珠宝和值钱的东西都是你的。至于我呢，这些东西我一点儿也用不着。你的东西我什么也不要，我只要你手指上戴的那个小指环。’

“皇帝皱起了眉头。他喊着说：‘这不过是一个铅指环，它没有一点儿价值。所以还是请你带着你那一半财宝离开我这座城吧。’

“我答道：‘不，我什么都不要，就只要那个铅指环，因为我知道指环里面写得有什么，而且那有什么用处。’

“皇帝浑身打颤，向我哀求，他说：‘你把所有的财宝全拿去，快离开我这座城吧。我那一半现在也归你。’

“我做了一件奇怪的事，不过我做的也算不了什么，因为我把‘财富指环’藏起来，藏在离这个地方一天路程的一个洞里面。离这个地方只有一天的路程，它等着你去呢。谁得到这个指环，他就比世界上所有的国王都有钱。所以请你来把它拿去，那么世界上的财富就是你的了。”

可是年轻的打鱼人笑了。“爱比‘财富’好，”他大声说，“而且小人鱼爱我。”

“不，世界上并没有比‘财富’更好的东西，”灵魂说。

“爱更好，”年轻的打鱼人答道，他便沉到海底去了，灵魂哭哭啼啼地穿过沼地走了。

第三年过完了，灵魂又回到海边来，唤着年轻的打鱼人，他从海底浮上来对它说："你唤我做什么？"

灵魂回答道："走近一点，我好跟你讲话，因为我看见了好些奇奇怪怪的东西。"

他便走近一点，蹲在浅水里，用手托着头静静地听着。

灵魂对他说："在我所知道的一个城市里，河边上有一家客栈。我同水手们一块儿坐在那儿，他们喝两种颜色的葡萄酒，吃大麦面包，还有和着醋放在桂叶里的小咸鱼。我们正坐着取乐的时候，从外面进来一个老年人，他肩上搭了一幅皮毡，手中拿一张琴，琴上有两个琥珀角。他把毡子铺在地板上，用'弦拨'弹着琴弦，一个戴面网的少女马上跑进客栈，在我们面前跳起舞来。她戴的是纱面网，但是她却光着双脚。她的双脚是光着的，他们在毡子上跳来跳去，好像一对小白鸽似的。我从没有看见过像这样美好的东西，并且她在那儿跳舞的城市离这个地方只有一天的路程。"

年轻的打鱼人听见了他灵魂的话，便想起来小人鱼没有脚，不能够跳舞。于是一个大的欲望把他抓住了，他对自己说："只有一天的路程，我能够回到我爱人身边的，"他笑了，便在浅水里站起来，大步向岸上走去。

他到了岸上的干地，又笑了，向着他的灵魂伸出了两只胳膊。他的灵魂快乐地大叫一声，跑过来迎接他，进到他的身体里面，年轻的打鱼人便看见他面前沙滩上现出他身体的影子，那就是他灵魂的身体。

他的灵魂对他说："我们不要耽搁了，快到那儿去吧，因为海神会妒忌，它们又有不少的怪物可以听它们指挥的。"

他们便急急地走着，整个晚上他们在月亮下面赶路，第二天他们整天在太阳下面走，当天傍晚，他们到了一个城市。

年轻的打鱼人对他的灵魂说："你对我讲的她就在这座城里跳舞吗？"

他的灵魂回答他说："不是这座城，是另外一座。不过我们还是进去看看吧。"

他们便走进城去，穿过一些街道，他们走过珠宝商街的时候，年轻的打鱼人看见一个货摊上摆着一只漂亮的银杯。他的灵魂对他说："拿起那个银杯藏起来。"

他便拿起银杯藏在他的袍子的褶缝里，他们连忙走出城去。

他们离开城走了一里格路[①]以后，年轻的打鱼人皱起眉头，把杯子扔掉了，对他的灵魂说："你为什么叫我拿这个杯子藏起来呢？这是一件坏事啊！"

可是他的灵魂回答他说："安静点，安静点。"

第二天傍晚他们到了一个城市，年轻的打鱼人对他的灵魂说："你对我讲的她就在这座城里跳舞吗？"

他的灵魂回答他说："不是这座城，是另外一座。不过我们还是进去看看吧。"

他们便走进城去，穿过一些街道，他们走过草鞋商街的时候，年轻的打鱼人看见一个小孩站在水缸旁边。他的灵魂对他说："打那个小孩。"他便动手打小孩把小孩打哭了，他们连忙走出城去。

他们离开城走了一里格路以后，年轻的打鱼人生起气来，对他的灵魂说："你为什么叫我打小孩呢？这是一件坏事啊！"

---

① 一里格约等于三英里。

可是他的灵魂回答他说："安静点，安静点。"

第三天傍晚他们到了一个城市，年轻的打鱼人对他的灵魂说："你对我讲的她就在这座城里跳舞吗？"

他的灵魂答道："也许就在这座城里，那么我们进去吧。"

他们便走进城去，穿过一些街道，可是年轻的打鱼人始终找不到那条河，也找不到河边的客栈。城里的人都张大眼睛好奇地望着他，他害怕起来，便对他的灵魂说："我们走吧，那个用一双小白脚跳舞的她并不在这儿。"

可是他的灵魂回答说："不，我们住下来吧，因为夜太黑，路上又有强盗。"

他便在市场里坐下来休息，过了一忽儿，来了一个戴头巾的商人，身上披一件鞑靼布的斗篷，打着一个牛角灯笼，吊在一根有节的芦杆头上。商人对他说："你为什么还坐在市场上呢，你不看见货摊都收了，东西也都打好包了！"

年轻的打鱼人回答他说："我在这座城里找不到一家客栈，我也没有一个亲戚可以留我住宿。"

"我们不都是亲戚吗？"商人说。"不是都由一个上帝造出来的吗？那么你跟我来吧，我有一间客房。"

年轻的打鱼人便站起来，跟着商人到他家去了。他穿过了一个石榴园进到屋里，商人用一个铜盘盛了玫瑰香水来让他洗手，又送来熟的甜瓜给他解渴，后来还给他端来一碗米饭和一块烤小山羊肉。

他吃完以后，商人就引他进客房里去，请他安睡休息。年轻的打鱼人谢了主人，并且吻了商人手上戴的指环，随后就倒在染了色的山羊毛毯上面。他拿一幅黑羔毛被子盖好身子，便呼呼地睡着了。

到了天亮前三点钟，还是黑夜的时候，他的灵魂唤醒了他，对他说："起来，到商人的屋子里去，就到他睡觉的屋子里去，杀死他，拿走他的金子，因为我们需要它。"

年轻的打鱼人便起来，爬到商人的房间里去。商人的脚上面放着一把弯刀，商人身边那个盘子里有九包金子。他伸出手去拿刀，他的手刚刚挨到刀，商人便惊醒了，马上跳起来，自己抓住刀，对年轻的打鱼人喊着说："难道你以怨报德，我好心款待你，你反以流血来报答吗？"

年轻的打鱼人听到他的灵魂对他说："揍他，"他把商人打得晕了过去，便拿起九包金子，连忙穿过石榴园逃走了。他朝着晨星的方向走去。

他们离开城走了一里格路以后，年轻的打鱼人便打着他自己的胸膛，对他的灵魂说："为什么你教我杀那个商人，拿走他的金子呢？你实在很坏。"

可是他的灵魂回答他说："安静点，安静点。"

"不，"年轻的打鱼人大声说，"我不能够安静，因为你教我做过的那一切的事情我都恨。连你我也恨，我要你告诉我你为什么要教我那样做法。"

他的灵魂回答他说："你从前把我送到世界上去的时候，你并没有给我一颗心，所以我学会了做那一切的事，并且爱那一切的事。"

"你说什么？"年轻的打鱼人喃喃地说。

"你知道的，"他的灵魂回答道，"你知道得很清楚。难道你忘记了你没有给过我一颗心吗？我不相信。所以你不要担心你自己，也不要担心我，你放心吧，世间并没有你去不掉的痛苦，也没有你享不到的快乐。"

年轻的打鱼人听到这些话以后，他浑身发颤，对他的灵魂说："不，是你坏，你使我忘记了我的爱人，你用种种的诱惑来引诱我，你使我的脚踏上罪恶的路。”

他的灵魂回答他：“你没有忘记吧：你把我送到世界上去的时候，你并没有给我一颗心啊！来，我们到另一座城去，作乐去，我们还有九包金子呢！”

年轻的打鱼人拿起九包金子，扔在地下，用脚踩着。

“不，”他叫道，“我用不着你，我再也不要跟你一块儿去什么地方。我上次既然把你送走过，现在我还是要像那样地送走你，因为你对我没有好处。”他便转过身把背朝着月亮，拿出带绿蛇皮刀柄的小刀来，想把他身体的影子，也就是他灵魂的身体从他双脚的四周切开。

可是他的灵魂并不动一下离开他一点儿，也不理会他的吩咐，却对他说：“那个女巫教给你的魔法再也不灵了。因为我不能离开你，你也不能把我赶走。一个人一辈子只可以把他灵魂送走一次，可是谁把他的灵魂送走以后又收了回来，就得永远留住它，这是他的惩罚，也是他的报酬。”

年轻的打鱼人脸色变白，捏紧拳头，叫起来：“她没有把这一点告诉我，真是个骗人的女巫。”

“不，”他的灵魂答道，“可是她对于她所礼拜的‘他’却是很忠实的，她要永远做‘他’的仆人。”

年轻的打鱼人知道他不能够再去掉他的灵魂，并且那还是一个坏的灵魂，又得永远跟他在一块儿，他便倒在地上伤心地哭起来。

到了天亮以后，年轻的打鱼人又站起来，对他的灵魂说：“我要绑住我的手，免得我会照你的吩咐做事；我要闭紧我的嘴唇，免得我会说你要说的话；我要回到我所爱的她住的地方去。我甚至要回到海里去，回到她平常在那儿唱歌的小海湾去，我要唤她，告诉她我做过的坏事和你对我做过的坏事。”

他的灵魂又诱惑他，说："谁是你的爱人，你得回到她那儿去？世界上有很多比她更漂亮的。萨马利斯的舞女能学各种鸟兽的样子跳舞。她们的脚用凤仙花染上了红色，她们的手里捏着小小的铜铃。她们一边跳舞一边笑，她们的笑声跟水的笑声一样清朗。跟我来，我引你去看她们。你为着什么要担心罪恶的事呢？难道美味可口的东西不是做来给人吃的吗？难道味道甘美的饮料里面就有毒药吗？你不要焦心了，跟我一块儿到另一座城去。就在这儿附近有一座小城。城里有一个百合树的花园。在这个可爱的花园里养着一些白孔雀和蓝胸脯的孔雀。它们向着太阳开屏的时候，那尾巴就像象牙的圆盘和镀金的圆盘一样。那个喂它们的女人常常跳舞给它们开心，她有时候用手跳，有时候用脚跳。她的眼睛染上了锑色，她的鼻孔形状像燕子的翅膀。有一个鼻孔里用一根小钩子挂着一朵珍珠雕成的花。她一边跳舞一边笑，脚踝上一对银镯像银铃似地叮当响着。所以你不要再焦心了，跟我一块儿到这座城里去吧。"

可是年轻的打鱼人并不答话，却用沉默的封条封住他的嘴唇，用结实的绳子绑住他的双手，动身回到他来的地方去，甚至走到他爱人平常在那儿唱歌的小海湾去。他的灵魂一路上不停地引诱他，可是他总不理睬，他也不肯去做它要他做的任何一件坏事；在他的心里爱的力量太大了！

他到了海边，把手上的绳子解开，将嘴上沉默的封条撕去，他唤起小人鱼来。可是她并没有应声上来会他。虽然他唤了她一整天，求她出来，却始终看不到她。

他的灵魂嘲笑他，对他说："你实在没有从你爱人那儿得到多少快乐。你就像那个在天旱时候往漏船里倒水的人。你把你所有的全给掉了，却没有得到一点儿报酬。你还不如跟我去，因为我知道欢乐谷在什么地方，那儿有的是些什么东西。”

可是年轻的打鱼人并不理睬他的灵魂，他在一个岩石缝隙里自己用树条编造了一所房屋，在那里住了一年。他每天早晨唤着人鱼，每天正午又唤她，到了晚上他又叫她的名字。可是她始终没有从海里出来会过他，他在海里任何地方都找不到她，虽然他在洞穴里，在浅水中，在海潮的漩涡里，在海底的井内到处找寻她，都不见她的踪迹。

他的灵魂不断地拿恶来引诱他，老是在他耳边悄悄地讲些可怕的事情。可是这对他并没有效力，他的爱的力量太大了。

这一年过去了，灵魂暗暗地想道：“我用了恶引诱过我的主人，可是他的爱比我强。现在我要用善去引诱他，他也许会跟着我走的。”

他就对年轻的打鱼人说：“我对你讲过世界上的快乐，可是你不肯听我。现在让我告诉你世界上的痛苦，也许你要听的就是这个。说句老实话，痛苦是这个世界的主人，没有一个人能够从它的网里逃出来。有的人没有衣服，有的人缺少面包。有的寡妇穿紫袍，有的寡妇穿破衣。大麻风病人在沼地上走来走去，他们对彼此都很残酷。讨饭的在大路上来来往往，他们的乞食袋常常是空的。在各个城市大街小巷里走着的是饥荒，坐在每道城门口的是瘟疫。来，让我们去，设法改善这些事情，使它们不再发生。既然你爱人不肯应着你的唤声出来，为什么你还老是待在这儿唤她呢？爱究竟是什么，你得为它付出这样高的代价？”

可是年轻的打鱼人并不答话，他的爱的力量太大了。他每天早晨唤着人鱼，每天正午又唤她，到了晚上他又叫她的名字。可是她始终没有从海里出来会过他，他在海里任何地方都找不到她，虽然他在海中的河里，在浪下的谷里，在被黑夜染成紫色的海里，在被黎明涂上灰色的海里到处找寻她，都不见她的踪迹。

第二年又过去了，有天晚上年轻的打鱼人孤单地坐在树条房子里的时候，他的灵魂对他说：“喂！我用恶引诱过你，我又用善引诱过你，可是你的爱比我更强。所以我不再引诱你了，不过我求你允许我进到你心中去，那么我就可以像从前那样跟你成为一体了。”

“你当然可以进来，”年轻的打鱼人说，“因为你没有一颗心在世界上飘流的那些日子里，你一定吃了不少的苦了。”

“哎呀！”他的灵魂叫起来，“我找不到地方进去呢，你的心让爱缠得那么紧紧的。”

“可是我倒愿意我能够给你帮忙，”年轻的打鱼人说。

他说话的时候，海里起了很大的一声哀叫，跟人鱼族死的时候人们听见的叫声完全一样。年轻的打鱼人跳起来，走出他的树条房子，跑到海滩去。黑色的浪涛急急地向岸上打来，载着一个比银子还要白的东西。它跟浪头一样白，并且在海涛上面飘飘荡荡像一朵花似的。浪头把它从浪涛中拿走，泡沫又把它从浪头上拿开，后来是海岸接受了它，于是年轻的打鱼人看见在他的脚下躺着小人鱼的身体。她躺在他的脚下死了。

他哭得像一个痛苦万分的人，扑倒在她身边，他吻着她那冰冷的红唇，拨弄着她头发上打湿了的琥珀。他扑倒在沙滩上，躺在她旁边，他哭得像一个因快乐而打颤的人，他用他两只褐色的胳膊把她紧紧抱在怀里。她那两片嘴唇已经冷了，可是他仍然吻着它们。她头发上的蜜是咸的，可是他仍然带着痛苦的快乐去尝它。他吻着紧闭的眼皮，她眼角上挂的浪沫还不及他的眼泪咸。

他对着死尸忏悔起来。他把他的经历的苦酒倾倒在她的耳朵里。他把她两只小小的手挽在他的颈项上，他用他的手指头去摸她那细细的咽喉管。他的快乐越来越苦了，他的痛苦里又充满了奇异的欢快。

黑色的海水愈来愈近，白色的泡沫像大麻风病人似地呻吟着。海水用它的泡沫的白爪来抓海岸。从海王的宫里又响起了哀叫声，远远地在海上半人半鱼的海神们的号螺吹出嘶涩的声音来。

“快逃开，”他的灵魂说，“海水越来越近了，要是你还在这儿耽搁的话，它会弄死你的。快逃开，我实在害怕，我知道因为你的爱太大了，你的心便拦住我不让我进去。快逃到一个安全的地方去。你一定不会不给我一颗心就送我到另一个世界去吧？”

可是年轻的打鱼人并没有听他灵魂的话，却只顾唤着小人鱼说：“爱比‘智慧’更好，比‘财富’更宝贵，比人间女儿们的脚更漂亮。火不能烧毁它，水不能淹没它。我在天明时候唤你，你不来会我。月亮听见了你的名字，可是你也没有理睬我。因为我不该离开了你，我跑开了害了我自己。可是你的爱永远跟我在一块儿，它永远是有力的，没有什么能够胜过它，不管我面对着恶也好，面对着善也好。现在你死了，我一定要跟你一块儿死。”

他的灵魂要求他走开，可是他不肯，他的爱太大了。海水逐渐逼近，它要用它的浪盖住他，他知道他的死期就在目前的时候，他疯狂地吻着人鱼的冰冷的嘴唇，他的那颗心碎了。他的心因为充满了爱而碎裂的时候，灵魂就找到一个入口进去了，它好像以前一样地跟他成为一体了。海用浪盖住了年轻的打鱼人。

早晨神父出去给海祝福，因为海骚动得厉害。僧侣，乐手，拿蜡烛的，摇香炉的，还有一大堆人跟着他一块儿去。

神父到了海边，看见年轻的打鱼人躺在浪头上淹死了，怀里还抱着小人鱼的尸体。他便皱起眉头往后退。他画了一个十字架符号以后，就高声叫着说：“我不要祝福海，也不要祝福海里的任何东西。人鱼族是该诅咒的，凡是跟人鱼族有来往有关系的人都是该诅咒的。至于他呢，他为了爱情的缘故离开了上帝，所以他现在同他那个被上帝的裁判杀死了的情妇一块儿躺在这儿，搬开他的身体同他的情妇的身体，把它们埋在漂洗工地的角上，上面不要插什么标牌，也不要做什么记号，免得有一个人知道他们的安息地方。因为他们在生是该诅咒的，他们死后也是该诅咒的。”

人们照着他吩咐的做了，漂洗工地的角上，没有长着一棵香草的地方，他们就在那儿挖了一个深的坑，把死尸放进里面去。

第三年又过去了，在一个祭日，神父走到礼拜堂去，他要给人们看见主的伤痛[①]，他要向他们讲解上帝的愤怒。

他穿好法衣，走进礼拜堂，在祭坛前行礼的时候，他看见祭坛上放满了他从未见过的奇怪的鲜花。这些花看起来很奇怪，而且有着异样的美，它们的美使他心乱，它们的气味在他的鼻孔里闻着很香。他觉得很快乐，却不知道他为什么快乐。

他打开了圣龛，在里面的圣饼台前焚了香，把美丽的圣饼拿给人们看，然后又将它在帐幔后面藏起来。他开始对人们讲话，他想对他们讲解上帝的愤怒。可是那些白花的美使他心乱，它们的气味在他的鼻孔里闻着很香，另一种话到他的嘴唇来了，他讲解的不是上帝的愤怒，却是那个叫做“爱”的上帝。为什么他这样说，他不知道。

神父说完了他的话，人们就哭了，他回到圣器所[②]里，眼中充满了泪水。执事们进来，给他脱法衣，给他脱下了白麻布法衣，解下腰带、饰带[③]和圣带[④]。他站在那里就像在梦中似的。

---

①指耶稣基督在十字架上所受的伤。
②圣器所，教堂中藏纳圣器的地方。
③指罗马教士在举行圣餐礼时左臂上佩的饰带。
④披在肩上，两边下垂及地，主教或祭司服饰。

他们给他脱下了法衣以后，他望着他们说："坛上放的是什么花，它们从哪儿来的？"

他们回答他："我们说不出它们是什么花，不过它们是从漂洗工地的角上采来的。"神父浑身发颤。他回到了自己的住处，开始祷告起来。

早晨，天刚刚发亮，他便同僧侣，乐手，拿蜡烛的，摇香炉的，还有一大群人走到海边，祝福了海，以及海中的一切野东西。他也祝福了牧神和森林中跳舞的小东西，以及从树叶缝中偷偷张望的亮眼睛的东西。在上帝的世界中所有的东西他都祝福了，人们充满了快乐和惊奇。可是从此在漂洗工地的角上再也长不出任何一种鲜花来，那个地方仍然成了从前那样的不毛地。人鱼们也不再像平日那样到这个海湾里来，因为他们都到海中别的地方去了。

星孩

从前有一天晚上两个穷樵夫正穿过一个大松林走回家去。这是冬天，又是一个非常寒冷的夜晚。地上雪铺得很厚，树枝上也是一样地积了雪。他们走过的时候，两旁的小树枝接连地被霜折断；他们走到瀑布跟前，她也静静地悬在空中，因为她已经被冰王吻过了。

这个夜晚真冷得厉害，连鸟兽也不知道该怎样保护自己。

狼夹着尾巴从矮林中一颠一跛地走出来，嗥道："唔！真是很怪的天气。为什么政府不想个办法？"

"啾！啾！啾！"绿梅花雀叫道，"衰老的大地死了，人们用白寿衣把她收殓了。"

"大地要出嫁了，这是她的结婚礼服，"斑鸠在悄悄地说。他们的小红脚冻伤得厉害，可是他们觉得对这个情景应当取一种带浪漫性的看法。

"胡说！"狼咆哮道，"我告诉你们，这全是政府的错，要是你们不相信我的话，我就要吃掉你们。"狼有着非常实际的头脑，他永远不愁没有个好的理由。

"啊，至于我呢，"啄木鸟是一个天生的哲学家，他插嘴道："我不喜欢这种原子论的解释。一件事要是怎样的，它便是怎样的，现在天气太冷了。"

天气的确太冷。住在高高的杉树上的小松鼠们接连擦着彼此的鼻子取暖，兔子们在他们洞里缩着身子，不敢朝门外看一眼！惟一似乎喜欢这种天气的就是大角鸱。他们的羽毛让白霜冻得很硬，可是他们并不介意，他们骨碌碌地转动他们又黄又大的眼睛，隔着树互相呼唤着：

“吐毁特！吐伙！吐毁特！吐伙！天气多好啊！”

两个樵夫只顾向前走着，一路上起劲地向他们的手指头吹气，用他们笨重的有铁钉的靴子在雪块上乱踏。有一回他们陷进一个雪坑里去，爬起来的时候，他们一身白得就像正在磨面的磨面师；又有一回他们在坚硬光滑的冰(沼地上的水冻成了冰)上失了脚，他们的柴捆跌散了，他们不得不拾起来绑在一块儿；还有一回他们觉得已经迷了路，害怕得不得了，因为他们知道雪对待那些睡在她怀里的人素来是很残忍的。不过他们信任那位守护着一切出门人的好圣马丁[①]，便顺着原路退回去；他们小心地下着脚步，后来终于走到了树林口，看见下面山谷里远远地闪着他们村子的灯光。

他们看见自己出了险，高兴得不得了，便大声笑起来，在他们眼里大地仿佛是一朵银花，月亮就像一朵金花。

然而他们笑过以后，就忧愁起来了，他们想起了自己的贫穷，一个樵夫便对他的伙伴说：“我们为什么还要高兴呢，既然生活偏向有钱人，不是向着像我们这样的穷人？我们还不如冻死在林子里，或者让野兽抓住我们来弄死。”

“真的，”他的伙伴答道，“有的人享受得很多，有的人享受得很少。不平已经把世界分掉了，可是除了忧愁以外，没有一件东西是分配得平均的。”

可是他们正在互相悲叹他们的贫苦的时候，一件奇怪的事情发生了。从天上掉下一颗很亮、很美的星来。它从别的星星旁边经过，溜下了天边，他们惊奇地望着它，他们觉得它好像落在小羊圈旁边大约有一箭之远的一丛柳树后面。

---

①圣马丁，司旅行之神。

“呀！哪个找到它就可以得到一坛金子！”他们叫道，便跑起来，因为他们太想金子了。

一个樵夫比他的伙伴跑得快，他追过了那个人，从柳树丛中穿出去，到了柳树外面，看呀！白雪上面的确有一个金的东西。他连忙跑过去，到它跟前，弯下身子，用两只手去摸它，这是一件精致地绣着许多星星的金线斗篷，叠成了许多折子。他大声对他的伙伴说他已经找到天上掉下来的宝物了，等他的伙伴走近，他们就在雪中坐下来，打开斗篷的折子，准备把金子拿来平分。可是啊哟！那里面没有金，也没有银，的确，连任何宝物都没有，只有一个睡着的婴孩。

他们中间的一个人便说：“我们的希望就只得着这个痛苦的收场，我们的运气实在不好，一个小孩对男人有什么好处呢？我们还是把他丢在这儿，走我们的路吧。你我都是穷人，又还有我们自己的孩子，我们不应当把我们孩子的饮食分给别人。”

可是另一个人却回答道：“不，把这个小孩丢在这儿，让他冻死在雪里，会是一件坏事情，虽然我跟你一样穷，还要养活好几口人，锅子里的东西又很少，可是我要把他带回家去，我的妻子会照应他的。”

他很慈爱地抱起小孩来，用斗篷裹住小孩的身子，免得小孩受寒，随后便走下山回到村子里去，他的傻气和他的软心肠叫他的伙伴非常惊奇。

他们到了村子里，他伙伴对他说：“你得了小孩，那么把斗篷给我吧，我们应当平分的。”

可是他回答：“不，因为斗篷既不是我的，也不是你的，它是小孩一个人的。”他便跟他的朋友告了别，走到自己家里去了。他敲着门。

他的妻子开了门，看见丈夫平安回来了，她搂住他的颈项接了吻，又把他背上的柴捆放下来，还刷去他靴子上的雪，然后要他进屋去。

可是他对她说："我在林子里找到一个东西，我把它带了回来要你照应。"他站在门外不进来。

"是什么呢？"她大声问。"快拿给我看，我们家里空空的，我们正需要很多的东西。"

他拉开斗篷，把睡着的小孩给她看了。

"啊哟，丈夫啊！"她喃喃地说，"难道我们自己的小孩不够多，你还得带一个换来的孩子[①]到我们家里来吗？谁知道他会不会给我们招来厄运呢？我们又用什么来养他呢？"她对他生气了。

"可是这是一个星孩啊，"他答道，他便把他怎样奇怪地找到那个小孩的经过情形对她讲了。

可是她还不肯息怒，她却挖苦他，生气地讲话，并且嚷着："我们自己的小孩都吃不饱，难道还要养别人的小孩吗？谁来照应我们呢？谁又来给我们饮食吃呢？"

"不要这样，上帝连麻雀也要照应的，上帝连它们也养，"他答道。

"麻雀在冬天不是也常常饿死吗？"她问道。"现在不就是冬天？"

她丈夫并不回答，却站在门外不进来。

一股冷风从树林里吹进门内，她打了一个寒栗，颤抖起来。她就对他说："你不把门关上吗？一股冷风吹进屋里来了，我冷啊。"

"吹进硬心肠人家里来的风不总是冷风吗？"他反问道。妻子并不回答，却更靠近炉火了。

过了一忽儿，她掉过头去看他，她眼里充满了泪水。他连忙走进

---

①传说有仙女拿一个奇丑的小孩换了别人的美丽的孩子去，所以"换来的孩子"不受人欢迎。

来，把孩子放在她的怀里。她吻着孩子，把他放到一张小床上去，他们自己最小的孩子就睡在那儿。第二天樵夫拿开那件珍奇的金斗篷，放进一个大柜子去，他妻子也取下孩子颈项上戴的琥珀项链放进柜子里。

星孩便跟樵夫的孩子们一块儿养育起来，在同一张食桌上吃饭，和他们在一处玩。他一年比一年地长得更好看，村子里所有的人都非常惊奇：怎么大家都是黑色皮肤，黑头发，单单他一个人又白又娇嫩，像上等的象牙一样，他的鬈发又像黄水仙的花环。他的嘴唇像红色花瓣，他的眼睛像清水河畔的紫罗兰，他的身体像还没有人来割过的田地上的水仙。

可是他的美貌给他带来了祸害。因为他变得骄傲、残酷而自私了。他看不起樵夫的儿女，也看不起村子里别的小孩，说他们出身微贱，而他自己却是很高贵的，从一颗星生出来的，他自命为他们的主子，称他们做他的用人。他毫不怜惜穷人，对瞎子或别的有残疾的，有任何病苦的人，他没有丝毫的同情心，他反而向他们丢石头，把他们赶到大路上去，吩咐他们到别处去讨饭。因此在他那个村子里除了无赖汉外，就再没有人第二次来求周济的。的确他迷恋美，瞧不起孱弱和丑陋的人，拿他们开玩笑；他爱他自己，在夏天风静的时候，他会躺在牧师的果园内水井旁边，望着水上映出的他自己的漂亮脸孔，并且因为他的美貌高兴得笑起来。

樵夫夫妇两人常常责备他，说："我们并没有像你对待孤苦无助的人那样地对待过你。为什么你对一切需要怜悯的人总是这么残酷呢？"

老牧师常常找他去，想教会他爱一切生物，对他说："苍蝇是你的弟兄。你不要害它。那些在林子里飞来飞去的野鸟有它们的自由。不要图你高兴就把它们捉来。蛇蜥和鼹鼠都是上帝造的，各有各的地位。你是谁，怎么可以给上帝的世界带来痛苦呢？就连耕田的马、牛也知道赞美上帝的。”

可是星孩并不注意他们的话，却做出不高兴和藐视的样子，走开去找他那些同伴，又去领导他们。他的同伴都服从他，因为他长得很美，而且脚步轻快，会跳舞，会吹笛，会弄音乐。不管星孩引他们到什么地方，他们都跟他去；不管星孩吩咐他们做什么事，他们都做。他用一根尖的芦苇刺进鼹鼠的蒙眬眼睛里的时候，他们都笑了；他拿石子去打大麻风病人的时候，他们也笑了。在无论什么事情上面他都支配他们，他们的心肠也变硬了，就跟他的完全一样。

有一天一个穷苦的讨饭女人走进村子里来。她一身衣服破烂不堪，她的脚让崎岖不平的道路弄得血淋淋的，她的情形十分悲惨，她走乏了，坐在一棵栗子树下休息。

可是星孩看见她，便对他的同伴们说：“看啊！一个肮脏的讨饭女人坐在那棵好看的绿叶子树下面。来，我们把她赶走，她太丑、太难看了。”

他便走近她，朝着她丢石子，嘲笑她，她带着惊恐的眼光看他，她目不转睛地望着他。樵夫正在近旁一个草料场里砍木头，看见了星孩的行为，便跑过去责备他，对他说：“你实在残忍，没有一点慈悲心，这个可怜的女人对你做了什么坏事情，你要这样待她呢？”

星孩气得一张脸通红，顿着脚说：“你是什么人，敢来管我的行动？我不是你的儿子，不要听你的吩咐。”

“你说的是真话，”樵夫答道，“不过我在林子里找到你的时候，我对你也动过怜悯心的。”

女人听见这句话，大叫一声，就晕倒了。樵夫把她抱进他家里去，让他的妻子看护她，等她清醒过来了，他们又拿食物和饮料款待她。

可是她不肯吃，也不肯喝，却只顾问樵夫：“你不是说这个孩子是在林子里找到的吗？是不是在十年前的今天？”

樵夫答道：“是，我是在林子里找到他的，就是在十年前的今天。”

“你找到他的时候，他带得有什么信物吗？”她叫道。“颈项上不是有一串琥珀项链吗？他身上不是包着一件绣着星星的金线斗篷吗？”

“不错，”樵夫答道，“恰恰跟你所说的一样。”他从柜子里拿出斗篷和琥珀项链来，给她看。

她看见它们，高兴得哭起来，她说：“他正是我在林子里丢失的小儿子。我求你快快叫他来。我为了找寻他，已经走遍了全世界。”

樵夫和他妻子便走出去，唤了星孩来，对他说：“快进屋去，你会在那儿见到你的母亲，她正在等你。”

星孩充满了惊奇和狂喜地跑进屋去。可是他看见她在那儿等他，便轻蔑地笑起来，说：“喂，我母亲在哪儿？这儿就只有这个下贱的讨饭女人。”

女人回答他说：“我就是你的母亲。”

“你明明疯了才说这种话，”星孩恼怒地嚷道。“我不是你的儿子，因为你是个讨饭女人，又丑，又穿一身破衣服。你还是滚开吧，不要让我再看见你讨厌的脏脸。”

“不，你的确是我的小儿子，我在林子里生的，”她大声说，她便跪在地上，伸出两只胳膊向着他。“强盗们把你从我身边偷走，丢在林子里让你死去，”她喃喃地说，“可是我一看见你，我就认得你，我也认得那些信物：金线斗篷和琥珀项链。我求你跟我来，我为了找寻你，已经走遍全世界了，我的儿，你跟我来，因为我需要你的爱啊。”

可是星孩连动也不动一下，她的话一点儿也打动不了他的心，在这屋子里除了那个女人的痛苦的哭声外再听不见别的声音。

最后他对她说话了，他的声音是残酷无情的："倘使你真的是我母亲，那么你还是走得远远的，不到这儿来让我丢脸，倒好得多。因为我始终以为我是某一个星的孩子，没有想到我是像你刚才告诉我的那样，一个讨饭女人的小孩。所以你还是走开吧，不要再让我看见你。"

"啊哟！我的儿，"她叫道，"那么我走以前你不肯亲我吗？我为了找寻你不知道吃了多少苦啊。"

"不，"星孩说，"你太难看了，我宁肯亲毒蛇、亲蟾蜍，也不要亲你。"

那个女人站起来，伤心地哭着走进树林里去了。星孩看见她走了，他非常高兴，就跑回他游伴那儿去，还想同他们一块儿玩。

可是他们看见他来了，大家都挖苦他，说："看啊，你跟蟾蜍一样地难看，跟毒蛇一样地可恶。你滚开，我们不许你跟我们一块儿玩。"他们把他赶出了花园。

星孩皱着眉头自言自语："他们对我讲的究竟是什么意思？我要到水井旁边去看看，水井会告诉我，我多漂亮。"

他便走到水井旁边，往井里看去，啊！他的脸就跟蟾蜍的脸一样，他的身子就像毒蛇那样地长了鳞。他扑倒在草上哭起来。他对自己说："这一定是我的罪过给我招来的。因为我不认我的母亲，赶走了她，对她又傲慢又残忍。所以我要去，要走遍全世界去找她，不把她找到，我就不休息。"

樵夫的小女儿走到他身边来，她把她的手放在他的肩上，对他说："你失掉了你的美貌，那有什么关系？请你留在我们这儿，我不会挖苦你。"

他对她说："不，我待我母亲太残忍了，这个灾难就是给我的惩罚。所以我应当走开，我应当走遍全世界，一直到我找着她，得到她饶恕的时候。”

他便跑进树林里去，一路上唤着他的母亲，请她到他身边来，可是他听不见一声回应。他唤了她一个整天，到太阳下山的时候，他便躺下来，睡在树叶铺成的床上，鸟和兽看见他都逃开了，因为他们还不曾忘记他的残忍，除了蟾蜍和毒蛇，他身边没有别的生物，蟾蜍守望着他，迟钝的毒蛇在他面前爬过。

早晨他站起身来，从树上摘下几个苦果吃了，又伤心地哭着，穿过大树林往前走去。不管他遇到什么东西，他都向他们探问，有没有看见他的母亲。

他对鼹鼠说："你能够在地底下走路。告诉我，我母亲在那儿吗？"

鼹鼠答道："我的眼睛已经给你弄瞎了。我怎么会知道呢？"

他对梅花雀说："你能够飞过高树顶上，能够看见全世界。告诉我，你能够看见我母亲吗？"

梅花雀答道："我的翅膀已经给你在取乐的时候剪掉了。我怎么会飞呢？"

他又问那只住在杉树上过着寂寞日子的小松鼠："我母亲在哪儿？"

松鼠回答："你已经杀了我的母亲。难道你还想杀死你的母亲吗？"

星孩哭了，他垂着头，恳求上帝创造的生物们宽恕他，又继续穿过林子走去，找寻那个讨饭女人。到第三天他走完了树林，又到平原上去。

他走过村子的时候，小孩们都嘲笑他，丢石子打他，乡下人连谷仓也不让他睡，他们看他那样脏，怕他会使贮藏的麦子发霉，他们的长工也赶走他，没有一个人怜悯他。他始终得不到一点儿关于那个生他的讨饭女人的消息。虽然三年来他走遍了全世界找寻她，他常常觉得她就在他前面走着，他唤她，追她，一直到他的脚给又尖又硬的石头弄出血来。可是他永远追不上她，那些住在路旁的人都说没有看见过她或跟她相像的女人，他们都拿他的悲痛来开玩笑。

三年来他走遍了全世界，在这个世界中他得不着爱，得不着亲切，也得不着仁慈，然而这正是他从前得意的时候为他自己创造的世界啊。

有天晚上他走到一个城门口，这座城建筑在河边，四周围着坚固的城墙，他虽然很疲倦，而且脚又痛，可是他还准备进城去。然而守城的兵士们横着戟把城门拦住，粗暴地对他说："你进城有什么事？"

他答道："我找寻我的母亲，我求你们准许我进去，因为她可能就在这个城里。"

可是他们挖苦他，一个兵摆动他那部黑胡须，放下他的盾牌，大声说："你母亲一定不高兴看见你，因为你比沼地上的蟾蜍和泽地上爬行的毒蛇还要难看。滚开。滚开。你母亲不住在这座城里。"

另一个手里拿黄旗的兵问他道："谁是你的母亲，你为什么要找她？"

他答道："我的母亲就跟我一样也是个讨饭的，我以前待她很坏，我求你们准许我进去，让我求到她的饶恕，说不定她会在这座城里。"他们仍然不让他进去，他们还拿长矛戳他。

星孩哭着转身走了，可是有一个人走了过来，这个人穿一件嵌金花的铠甲，他的盔上蹲着一头有翅膀的雄狮，他向守兵询问什么人要进城。守兵回答道："那是一个讨饭的，又是一个讨饭女人的小孩，我们已经把他赶走了。"

“不必，”那个人笑着大声说，“我们可以把这个丑东西当奴隶卖出去，会卖到一碗甜酒的价钱。”

旁边正走过一个相貌凶恶的老人，他大声说：“我愿意出那个价钱买他，”便付了钱，拉着星孩的手带他进城去了。

他们走了好几条街，来到一个人家，墙头露出一棵石榴树，就在树荫下墙上开了一道小门，老人用一只雕花的碧玉戒指在门上挨了一下，门开了。他们走下五级铜阶，进到一个长满了黑色罂粟花的花园，园里还放了不少绿色瓦罐。老人便从他的缠头布上拿下一块花绸巾缚在星孩的眼睛上，赶着星孩在前面走。等到他把绸巾给星孩取开的时候，星孩才看见自己在一个地牢里，那儿燃着一盏牛角灯。

老人用一个木盘盛着发霉的面包放到星孩面前说一句：“吃吧，”又用一个杯子盛着带盐味的水递给他，说一句：“喝吧，”等他吃了喝了以后，老人便走出去，锁上了门，又用一根铁链把门拴牢。

第二天老人到地牢里来。这个老人其实是利比亚①魔术家中最能干的，他的本领还是从一个住在尼罗河坟墓中的魔术家那儿学来的。他带着凶恶的样子看星孩，吩咐道：“在这儿邪教徒城的城门附近一个树林里，有三块金钱。一块是白金，另一块是黄金，第三块金钱却是红的。今天你把白金给我拿回来，要是你不拿回来的话，我就要打你一百下。你快点去，在太阳下去的时候，我在花园门口等你。当心你要把白金拿回来，否则会对你不利，因为你是我的奴隶，我花了一碗甜酒的价钱买了你的。”他又用那块花绸巾绑住星孩的眼睛引着星孩走出房屋，穿过那个种罂粟花的园子，走上了那五级铜阶。他又用那个戒指开了门，把星孩放到街上去了。

---

①利比亚，北非洲古国名。

星孩走出了城门，走到魔术家所说的树林前面。

从外面看来，林子是十分美观的，好像里面充满了鸟语花香似的，星孩快乐地进去了。可是树林的美对他并没有好处，因为不管他走到哪里，地上到处都有又尖又粗的石南和荆棘，拦住他的路，凶恶的荨麻刺痛他，蓟也拿它的刺来戳他，弄得他痛苦不堪。他从早到午，又从午到晚在林子里到处找遍了，始终找不着魔术家所说的那块白金。到了日落时候他伤心地哭着转身回去，因为他知道有什么样的命运在等待他。

可是他刚走出了林子，忽然听见树丛中一声哀叫，好像是什么人在痛苦中发出来的叫声。他忘记了自己的烦恼，又跑回到那个地方，他看见一只小兔掉在猎人设下的陷阱里给捉住了。

星孩可怜它，把它放了，对它说："我自己也不过是一个奴隶，可是我还可以给你自由吧。"

兔子回答他："你的确给了我自由，我拿什么来报答你呢？"

星孩对它说："我在寻找一块白金，可是我到处都找它不到，要是我不把它给我主人带回去，他就要打我。"

"你跟我来吧，"兔子说，"我带你到它那儿，因为我知道它藏在什么地方，而且为什么要藏着。"

星孩便跟着兔子走了，看啊！在一棵老橡树的裂缝中现出他正在寻找的那块白金。他十分高兴，抓起它来，对兔子说："我不过给你做了一点儿小事，你已经加上许多倍地偿还我了，我对你不过施了一点儿恩惠，你已经加上一百倍地报答我了。"

"不是这样，"兔子答道，"这不过是你怎样待我，我也怎样待你罢了。"它说完便连忙跑开了，星孩也就走回城去。

城门口坐着一个大麻风病人。脸上罩着一块绿麻布的头巾，一对眼睛像烧红的炭似地从麻布小孔里射出光来。他看见星孩走近了，便敲着一个木碗，摇着他的铃，唤着星孩道："给我一块钱，不然我就要饿死了。他们把我从城里赶了出来，没有一个人可怜我。"

"唉！"星孩叹息说，"我袋子里就只有一块钱，要是我不把它带给我的主人，他会打我，因为我是他的奴隶啊。"

可是大麻风病人不停地向星孩哀求，后来星孩动了怜悯心，便把白金给了他。

星孩回到魔术家那儿，魔术家给他开了门，带他进去，问他："你拿到那块白金吗？"星孩答道："我没有。"魔术家便扑到他身上去，打了他一顿，随后放了一个空木盘在他面前，说一句："吃吧，"又给了他一个空杯子，说一句："喝吧，"最后又把他推到地牢里去了。

第二天魔术家又来对他说："要是你今天不把那块黄金拿来，我一定要把你当作我的奴隶，给你三百下鞭子。"

星孩便动身到树林去，他在林子里寻找黄金找了一整天，却始终找不着，到了日落时候他便坐下来，开始哭着，他哭得正伤心，他救过的那只小兔子又跑来了。

兔子对他说："你为什么哭？你在林子里寻找什么东西？"

星孩答道："我在寻找这儿藏的一块黄金，要是我找不着它，我的主人就要打我，拿我当奴隶。"

"你跟我来，"兔子大声说，它带了他在林子里跑着，一直跑到一个池子旁边。那块黄金就在池子底。

"我要怎样谢你呢？"星孩说，"你看，这是你第二次救我了。"

"不啊，还是你先对我起怜悯心的，"兔子说完，连忙跑开了。

星孩拿了黄金，把它放进他的袋子，急急走回城里去。可是那个大麻风病人看见他走来，便跑过去迎着他，跪在地上，嚷着："给我一块钱，不然我就要饿死了。"

星孩回答他：“我袋子里就只有一块黄金，要是我不把它带给我的主人，他就要打我，把我当奴隶看待。”

可是大麻风病人再三要求，星孩又动了怜悯心，把黄金给了他。

星孩回到魔术家那儿，魔术家给他开了门，带他进去，问他：“你拿到那块黄金吗？”星孩回答：“我没有。”魔术家便扑到他身上去，打了他一顿，给他戴上链子，又把他丢进地牢里去。

第二天魔术家又来对他说：“要是你今天把那块红金给我拿了来，我就放你走，不过你要是不带它回来，我一定要杀死你。”

星孩便动身到树林去，他在林子里寻找红金找了一整天，却始终找不着。到了傍晚，他坐下，哭起来，他哭得伤心的时候，小兔子又跑来了。

兔子对他说：“你寻找的那块红金就在你背后那个洞里面。所以你不要再哭，你要高兴啊。”

“我怎样报答你呢？”星孩叫道，“你看，这是你第三次救了我了。”

“不啊，还是你先对我起怜悯心的，”兔子说完，连忙跑开了。

星孩进了洞，在洞中最远的角落里找到了红金。他把它放在他的袋子里，急急走回城去。那个大麻风病人看见他走来，便站到路中间唤他，对他说：“给我那块红的钱，不然我就得死了。”星孩又动了怜悯心，给了他那块红金，一面说：“你的需要比我的更大。”然而他的心却是很沉重的，因为他知道有什么样的恶运在等待他。

可是看啊，他走过城门的时候，守兵都躬身，对他行礼，说着：“我们的皇上多漂亮！”一群市民跟在他后面，欢呼：“的确世界上再没有更漂亮的人了！”星孩听见却哭起来，一面对自己说：“他们瞧不起我，拿我的不幸开心。”人越聚越多，他在拥挤中迷了路，后来发觉自己在一个大广场上，前面就是一座王宫。

宫门大开，僧侣和大臣们一齐跑来迎接他，对他躬身行礼，说道："您是我们在恭候的皇上，您是我们国王的儿子。"

星孩回答他们说："我不是国王的儿子，我是一个穷讨饭女人的儿子。你们怎么说我漂亮呢？我知道我很难看。"

这时候那个甲上嵌着金花、盔上蹲着一头双翼雄狮的人拿起一面盾牌，大声说："皇上怎么说他不漂亮啊？"

星孩看那面盾牌，他的脸又是从前那样的了，他的美貌恢复了，并且他还看见他的眼睛里有一种从前不曾有过的东西。

僧侣和大臣们跪在地上对他说："从前有人预言过那个应该来统治我们的人要在今天来。所以请我们皇上接受这顶王冠和这根节杖，在公正与仁慈这两点上做统治我们的国王吧。"

可是他对他们说："我是不配的，因为我不认我的生母，除非我找着她，得到她的饶恕，我不能够休息。你们还是让我走吧，因为我还得走遍全世界去找她，虽然你们把王冠和节杖拿给我，我也不该在这儿耽搁。"他这样说了，便把脸掉向通往城门的街道，看啊！在兵士们四周拥挤着的一大群人中间，他看见了那个生他的讨饭女人，在她旁边站着的便是那个坐在路旁的大麻风病人。

他忍不住发出一声欢呼，连忙跑过去，跪下来，亲他母亲脚上的伤口，拿他的眼泪去洗它们。他把头俯到尘埃，抽泣着，像一个心碎了的人一样，他对她说："母亲，我在我得意的时候不认你。现在在我卑屈的时候你收了我吧。母亲，我恨过你。现在请你爱我吧。母亲，我拒绝过你。现在请你收留你这个孩子吧。"可是讨饭女人连一个字也不回答。

他又伸出手去拖住大麻风病人的一双没有血色的脚，对那个人说：

“我对你动过三次怜悯心。请你叫我母亲对我讲一次话吧。”可是大麻风病人也不回答他一个字。

他又哭起来，说：“母亲，我的痛苦大得我实在不能忍受了。饶恕我吧，让我回到林子里去。”讨饭女人把她的手放在他的头上，对他说：“起来，”大麻风病人也把手放在他的头上，说：“起来。”

他站了起来，望着他们，啊！他们原来是国王和王后。

王后对他说：“这是你的父亲，你曾经救过的。”

国王说：“这是你的母亲，你用眼泪洗过她的脚。”

他们抱住他的颈项，吻他，带他进宫里去，给他穿上华贵的衣服，把王冠戴在他的头上，把节杖放到他的手里，他治理着这个建筑在河边的大城，做它的主人。他对所有的人都表示公正和仁慈，赶走了那个坏魔术家，又送了许多值钱的礼物给樵夫夫妇两人，对他们的儿女也赐了大的恩典。他不许任何人虐待鸟兽，却拿爱、亲切和仁慈教人，他让穷人吃得饱，对赤身露体的人他给他们衣服穿。在他的国里充满着和平与繁荣的景象。

然而他治理的期间并不长久，他受的苦太大了，他受的磨炼也太苦了，所以他只活了三年。他死后继承他的却是一个很坏的国王。

译文名著精选书目

傲慢与偏见	〔英〕简·奥斯丁 著 王科一 译
简·爱	〔英〕夏洛蒂·勃朗特 著 祝庆英 译
基督山伯爵	〔法〕大仲马 著 韩沪麟 周克希 译
少年维特的烦恼	〔德〕歌德 著 侯浚吉 译
茶花女	〔法〕小仲马 著 王振孙 译
呼啸山庄	〔英〕艾米莉·勃朗特 著 方平 译
悲惨世界	〔法〕雨果 著 郑克鲁 译
堂吉诃德	〔西班牙〕塞万提斯 著 张广森 译
红与黑	〔法〕司汤达 著 郝运 译
雾都孤儿	〔英〕狄更斯 著 荣如德 译
欧叶妮·葛郎台／高老头	〔法〕巴尔扎克 著 王振孙 译
莎士比亚四大悲剧	〔英〕莎士比亚 著 孙大雨 译
泰戈尔抒情诗选	〔印〕泰戈尔 著 吴岩 译
乱世佳人	〔美〕玛格丽特·米切尔 著 陈良廷等 译
鲁滨孙历险记	〔英〕笛福 著 黄杲炘 译
安娜·卡列尼娜	〔俄〕列夫·托尔斯泰 著 高惠群等 译
十日谈	〔意〕薄伽丘 著 方平 王科一 译
福尔摩斯探案精选	〔英〕柯南·道尔 著 梅绍武 屠珍 译
老人与海	〔美〕海明威 著 吴劳等 译
漂亮朋友	〔法〕莫泊桑 著 王振孙 译
巴黎圣母院	〔法〕雨果 著 管震湖 译
双城记	〔英〕狄更斯 著 张玲 张扬 译
最后一片叶子	〔美〕欧·亨利 著 黄源深 译
瓦尔登湖	〔美〕梭罗 著 徐迟 译
一九八四	〔英〕奥威尔 著 董乐山 译
复活	〔俄〕列夫·托尔斯泰 著 安东 南风 译
三个火枪手	〔法〕大仲马 著 郝运 王振孙 译
苔丝	〔英〕哈代 著 郑大民 译
变色龙	〔俄〕契诃夫 著 汝龙 译
钢铁是怎样炼成的	〔俄〕奥斯特洛夫斯基 著 王志冲 译
浮士德	〔德〕歌德 著 钱春绮 译
太阳照常升起	〔美〕海明威 著 赵静男 译
莎士比亚喜剧五种	〔英〕莎士比亚 著 方平 译
理智与情感	〔英〕简·奥斯丁 著 武崇汉 译
罪与罚	〔俄〕陀思妥耶夫斯基 著 岳麟 译
羊脂球	〔法〕莫泊桑 著 郝运 王振孙 译
鼠疫	〔法〕加缪 著 刘方 译
青年艺术家画像	〔爱尔兰〕乔伊斯 著 朱世达 译

我是猫	〔日〕夏目漱石 著 刘振瀛 译
神曲	〔意〕但丁 著 朱维基 译
红字	〔美〕霍桑 著 苏福忠 译
到灯塔去	〔英〕伍尔夫 著 瞿世镜 译
格列佛游记	〔英〕斯威夫特 著 孙予 译
大卫 · 考坡菲	〔英〕狄更斯 著 张谷若 译
道连 · 葛雷的画像	〔英〕王尔德 著 荣如德 译
童年／在人间／我的大学	〔俄〕高尔基 著 高惠群等 译
城堡	〔奥地利〕卡夫卡 著 赵蓉恒 译
汤姆 · 索亚历险记	〔美〕马克·吐温 著 张建平 译
九三年	〔法〕雨果 著 叶尊 译
铁皮鼓	〔德〕格拉斯 著 胡其鼎 译
卡拉马佐夫兄弟	〔俄〕陀思妥耶夫斯基 著 荣如德 译
远大前程	〔英〕狄更斯 著 王科一 译
马丁 · 伊登	〔美〕杰克·伦敦 著 吴劳 译
名利场	〔英〕萨克雷 著 荣如德 译
嘉莉妹妹	〔美〕德莱塞 著 裘柱常 译
细雪	〔日〕谷崎润一郎 著 储元熹 译
哈克贝里 · 芬历险记	〔英〕马克·吐温 著 张万里 译
儿子与情人	〔英〕劳伦斯 著 张禹九 译
野性的呼唤	〔英〕杰克·伦敦 著 刘荣跃 译
牛虻	〔英〕伏尼契 著 蔡慧 译
包法利夫人	〔法〕福楼拜 著 周克希 译
达洛卫夫人	〔英〕伍尔夫 著 孙梁 苏美 译
永别了，武器	〔美〕海明威 著 林疑今 译
喧哗与骚动	〔美〕福克纳 著 李文俊 译
猎人笔记	〔俄〕屠格涅夫 著 冯春 译
圣经故事	〔美〕阿瑟·马克斯威尔 著 杨佑方等 译
希腊神话	〔俄〕库恩 编著 朱志顺 译
格林童话	〔德〕格林兄弟 著 施种等 译
月亮和六便士	〔英〕毛姆 著 傅惟慈 译
失乐园	〔英〕弥尔顿 著 刘捷 译
海底两万里	〔法〕儒勒 · 凡尔纳 著 杨松河 译
丧钟为谁而鸣	〔美〕海明威 著 程中瑞 译
安徒生童话	〔丹麦〕安徒生 著 任溶溶 译
了不起的盖茨比	〔美〕菲茨杰拉德 著 巫宁坤等 译
虹	〔英〕劳伦斯 著 黄雨石 译
摩格街谋杀案	〔美〕爱伦 · 坡 著 张冲 张琼 译
坎特伯雷故事集	〔英〕乔叟 著 黄杲炘 译
战争与和平	〔俄〕列夫 · 托尔斯泰 著 娄自良 译
环游地球八十天	〔法〕儒勒 · 凡尔纳 著 任倬群 译
人生的枷锁	〔英〕毛姆 著 张柏然 张增健 倪俊 译

剧院魅影	〔法〕加斯东·勒鲁 著 符锦勇 译
百万英镑——马克·吐温中短篇小说选	〔美〕马克·吐温 著 方平 等译
培根随笔全集	〔英〕弗兰西斯·培根 著 蒲隆 译
金银岛 化身博士	〔英〕斯蒂文森 著 荣如德 译
无名的裘德	〔英〕哈代 著 刘荣跃 译
一千零一夜	方平 等译
刀锋	〔英〕毛姆 著 周煦良 译
小妇人	〔美〕露易莎·梅·奥尔科特 著 洪怡 叶宇 译
玻璃球游戏	〔德〕黑塞 著 张佩芬 译
凯旋门	〔德〕雷马克 著 朱雯 译
变形记——卡夫卡中短篇小说集	〔奥地利〕卡夫卡 著 张荣昌 译
伊索寓言	〔希腊〕伊索 等著 吴健平 于国畔 译
前夜 父与子	〔俄〕屠格涅夫 著 丽尼 巴金 译
大师和玛格丽特	〔俄〕布尔加科夫 著 高惠群 译
死农奴	〔俄〕果戈理 著 娄自良 译
被伤害与侮辱的人们	〔俄〕陀思妥耶夫斯基 著 娄自良 译
黑桃皇后	〔俄〕普希金 著 冯春 译
伊利亚随笔精选	〔英〕查尔斯·兰姆 著 刘炳善 译
危险的关系	〔法〕拉克洛 著 叶尊 译
夜色温柔	〔美〕菲茨杰拉德 著 汤新楣 译
弗兰肯斯坦	〔英〕玛丽·雪莱 著 刘新民 译
卡门	〔法〕梅里美 著 王钢 等译
忏悔录	〔法〕卢梭 著 陈筱卿 译
伪币制造者	〔法〕纪德 著 盛澄华 译
斯巴达克思	〔意〕乔万尼奥里 著 李俍民 译
追忆逝水年华(精华本)	〔法〕普鲁斯特 著 沈志明 译
去吧，摩西	〔美〕威廉·福克纳 著 李文俊 译
蒙田随笔集	〔法〕蒙田 著 马振骋 译
美国悲剧	〔美〕德莱塞 著 潘庆舲 译
汤姆叔叔的小屋	〔美〕斯陀夫人 著 杨怡 译
三毛钱小说	〔德〕贝·布莱希特 著 高年生 黄明嘉 译
动物农场	〔英〕乔治·奥威尔 著 荣如德 译
黑郁金香	〔法〕大仲马 著 郝运 译
白痴	〔俄〕陀思妥耶夫斯基 著 荣如德 译
快乐王子	〔英〕王尔德 著 巴金 译
笑面人	〔法〕雨果 著 鲁膺 译
娜娜	〔法〕左拉 著 徐和瑾 译
贝姨	〔法〕巴尔扎克 著 许钧 译
蝇王	〔英〕威廉·戈尔丁 著 龚志成 译
看得见风景的房间	〔英〕E·M·福斯特 著 巫漪云 译